거북이목을 한 사람들이 바다로 나가는 아침

박세현 자전 산문

거북이목을 한 사람들이 바다로 나가는 아침

예서

차 례

감사의 말

● ●

이 문장들을 작성하는 동안 고마웠던 에너지원들에게 감사의 말을 남긴다.

지치지 않고 자판을 두드려준 내 열 손가락에 감사한다. 하루에 아메리카노 두 잔씩 마실 수 있도록 배려해준 노원롯데백화점 vip bar에 감사한다. 해상도 좋은 컴퓨터와 책상, 정년이 지났지만 탈없이 밤을 밝혀준 탁상용 스탠드, 더없이 자비스런 정적을 제공해준 노원구 덕릉로 83길 25층 2호실, 내 머리에 풍성한 상상이 깃들도록 산길을 열어준 수락산과 불암산, 수락산 학림사와 용굴암, 산길에 고적한 절이 있다는 점만으로도 내가 크게 너그러워졌음에 감사한다. 사춘기 소년의 피아노 솔로 같은 당현천, 날마다 배경음악을 공급해준 블루투스 스피커, 격려해준 익명 독자, 비독서 회원들, v시인과 j시인에게 감사한다. 충무로 대한극장과 서울아트시네마, 광화문 시네큐브 측에도 감사한

7

다. 집앞 골목길에 있는 수유리 우동집, 노원예술관 옆 복사집, 불암산성 나무벤치에 감사한다. 왕빙, 홍상수, 장률, 정성일 감독에게 감사한다. 「파비안느에 관한 진실」을 찍은 고레에다 히로카즈 감독에게 따로 고마움을 전한다. 제1회 강릉영화제 측에 감사한다. 올가 토카르추크, 나보코프, 부카우스키, 백민석, 황덕호, 백상현, 글렌 굴드에게 감사한다. 책을 인쇄해준 출판사, 아침마다 창밖으로 지나가던 구면의 생각이 많은 까마귀에게도 감사한다. 경자년, 3월, 중계동에서.

문자 조립학

이 글은 시를 쓰면서 여러 장면으로 분열되었던 나를 소환해 본 산문이다. 마치 사실인 듯이, 사실이 아니라는 듯이. 사실에는 허구가 포함되었고, 허구에는 사실이 개입되어 있다. 이 책에서 사실과 허구의 경계를 구분하는 일에 반대한다. 나도 모르는 혼돈이기 때문이다. 온통 나이거나 온통 내가 아닌 속임수여도 어쩔 수 없는 노릇이다. 내 혼란스런 삶에 붙어 있는 파편적 주석일 뿐이다. 본문 안에서 이 산문작업을 소설이라고 끊임없이 강조하는 것도 트릭의 차원만은 아니라고 본다. 반쯤은 일기고, 반쯤은 에세이고, 반쯤은 소설이라고 해도 상관없다. 반(半) 소설이라고 하면 어떨까. 나에 대한 이야기이면서 모두 나를 떠난 환각이다. 화자로 설정된 h는 허구적 실존성의 한 표현이다. 글 속의 h는 나를 많이 닮았지만 나는 h가 아니다. 다시 이 글은 허공의 인물 h가 시라는 와중에서 만나게 되는 자질구레한

문자 조립학이다. 자전적 산문이라는 엉거주춤한 명칭을 부여
해보는 것도 이런 까닭이다. 소설을 읽는 것처럼 속아주시면
고맙겠다. 무슨 그럴 듯한 기획이 아님을 눈치 채신 독자의 행운
을 빈다.

자판을 두드리기 시작한다

● ●

나는 컴을 켜고 자판을 두드리기 시작한다.

무엇을 써야겠다는 생각은 없다. 쓴다는 것만 확실하다. 머릿속은 A4 용지의 여백처럼 비어 있다. 아무 것도 지나간 흔적이 없이 깨끗하고 말끔한 태초다. 나는 그 침묵의 공간을 사랑하기로 하면서 자판을 두드려나갈 것이다. 이 글은 한 편의 울퉁불퉁한 에세이면서 시이면서 시보다 긴 픽션이 될 것이다. 그 어느 것에도 이르지 못할지도 모른다. 그것은 그러나 내가 책임질 일은 못 된다. 나는 그저 아침마다 쓸 것이고 쓸 것이 없는 날도 쓸 것이다. 다음 주 수요일에는 종로에 나가서 다큐멘터리 한 편을 볼 예정이다. 그리고 안국동에 나가서 3호선 전철 2번 출구에서 순댓국을 먹거나 김밥을 먹을 수 있다. 그리고 북촌을 어슬렁거릴 것이다. 참고로 나는 자서전, 평전, 다큐멘터리에 관심이 많았고, 앞으로도 그럴 것임을 적어 놓겠다. 소설이나 영화가 사실은 모두 다큐라고 생각하면 되겠다. 잘 꾸며낸 픽션일수록 다큐에 가깝고, 다큐적일수록 픽션에 가깝다고 보는 게 내 생각이다.

픽션과 논픽션을 까다롭게 구분하는 일에는 관심이 없다. 나는 이 글이 지극한 픽션이자 지극한 논픽션이라고 생각한다. 그렇다고 내가 쓴 글에서 현실과의 유사점을 찾아내거나 유추하는 것에는 그리 동의하지 않는다. 그런 개연성의 언저리는 다 상상으로 덧칠된 것이다. 그것을 현실의 어떤 대목이나 인물에 견주면 나는 섭섭하겠다. 나는 그저 손가락이 움직이는 대로 쓸 것이고 그런 플롯에 순응할 것이다. 만약 누군가 이 글을 읽고 '이게 무슨 소설이야, 소설의 abc도 모르는 작자의 낙서군' 이렇게 말해주기를 바란다. 그게 내가 바라던 바이기도 하고 그렇다면 이 글조각들은 성공하게 된다. 그렇다고 대놓고 누군가의 자서전인가 하면 그렇지도 않다. 아닌 것도 물론 아니지만 이 글의 호흡은 경장편의 그것을 유지할 것이다. 경장편의 호흡 속에 파편적으로 녹아 있는 생의 그림자이기를 바란다. 이 지루한 문장의 흐름을 좇아올 독자들이 있을까? 아마도 그렇게 한가롭게 인내심 있는 독자는 없거나 있어도 서너 손가락 안에 들기 쉽다. 이 소설은 그런 극소수와의 동행이거나 만남이고자 할 것이다.

공사비가 없어서 돈 생길 때마다 기초를 파고, 기둥을 세우고, 창문을 달아나가는 식으로 집을 짓는 가난한 집짓기와 같으면서 이곳저곳 기웃대는 어슬렁거림이 될 것이다. 가끔 둘레길에서 만납시다. 신사 숙녀 여러분. h.

빙그레 웃는 시인 a

● ● ◌

내가 소설을 쓴다고 하자 동료 시인 a는 빙그레 웃었다. 그게 그의 반응이다. 여기서 그는 나의 오랜 문우이자 유일하게 시를 쓰지 않는데 성공한 친구다. 나는 시 없이 잘 살고 있는 그에게 항상 경의를 표한다. a는 나의 문장들 속에서 여러 개의 다른 이니셜로 등장할지도 모른다. 그의 반응은 요컨대 나의 소설이 궁금하지 않다는 표현이다. 나는 a의 무덤덤이 좋다. 어차피 나는 무슨 대단한 서사에 대한 욕망으로 소설에 착수하는 건 아니다. 시인이 무슨 소설을 쓰겠는가. 시로는 쓸 수 없었던 그 용량 부족의 아쉬움을 조금 확대해보겠다는 뜻은 아니다. 그 반대가 맞을 것이다. 소설의 산문성과 잡답성을 통해 시를 찾아나서는 일이다. 나에게는 흥미롭지만 독자는 재미없을 확률이 높다. 다행이다. 작자도 나요, 주인공도 나요, 독자도 나로 설정된 1인용 글쓰기. 전적으로 1인용 프로세스다. 세상에 이만한 무대는 달리 없다.

소설의 첫 줄을 생각한다.

소설을 시작하기 방금 전에 나는 이승훈 시인의 유고시 한 편을 읽었다. 제목은 「선생 고맙소」였다. 문득 이 소설의 가제목을 '선생 고맙소'로 결정하고 싶었다. 무슨 의미가 있을 수 없다. 모든 제목은 가제목이다. 어쩔 수 없는 노릇이다. 어쩔 수 없는 건 역시 어쩔 수 없는 일이다. 독자를 위해 또 이 소설의 방향성을 위해 이승훈 시인의 시 전문을 타이핑해 둔다. 원문 텍스트는 산문시인데 내가 자의적으로 행갈이를 했다. 일종의 편곡이다. 이래서는 안 된다는 문학적 관례를 조용히 범하는 차원도 된다.

아무 나무나 보고 말한다.
"선생 고맙소" 겨울 아침,
겨울 아침 보고도 "선생 고맙소" 말한다.
빈 휴게소 지나간다.
오늘은 모두가 고맙다.
전깃줄에 앉은 참새 두 마리,
작은 이발소에 서서 이발하는 아저씨, 고맙소,
다리는 절지만 거울 앞에 서서
이발하는 아저씨 보고도 인사해야지,
눈이 내리네, "선생 고맙소"

눈 보고 인사할 때

그래 고마워 고맙다,

산길 간다,

참새 한 마리,

"고맙소."

진실에 속고 싶은

나는 이제 소설의 첫 줄을 쓴다. 이 소설은 어떤 끝에 도달하기 위해 쓰는 것이 아니라 단지 시작하기 위해 쓴다. 첫 줄을 쓰면서 흥분된다. 첫 줄만 쓰게 될 것이다. 첫 줄, 그러면 나는 만족하겠다. 나는 이 어설프고 가난한 글을 소설이라 명명한다. 소설로 읽어주면 고맙고 소설이 아니라고 폄하는 축에게도 사심 없는 감사를 미리 표하겠다. 소설이어도 좋고 소설이 아니어도 상관없다. 소설이 아니고 잡설이 되기 쉽다. 그래도 상관없다. 일기나 수기로 읽혀도 좋다. 등장인물이 누구냐고 묻는다면 나는 좀 망설이겠다. 나는 이쯤에서, 이 대목에서 나라는 주어를 h로 바꾸어서 쓴다. h는 누구인가? 그야 h는 h다. 이 글을 소설이라 우기며 밀고 나가는 h. 소설 속의 부스러기는 h의 입을 통해 전달되고 대부분의 얘기는 h의 실화다. 그렇다고 h의 자전적 이야기로 보는 것은 좀 그렇다. h는 그저 합성되고 편집된 h일 뿐이다. h는 나이면서 나는 아니고 아닌 것도 아닌 누구이다. h는 자기가 누구인지 모르는 채로 소설 속으로 들어간다.

h는 소설에 관심이 많았던 사람이 아니다. 소설을 쓸려고 궁리했던 인류도 아니다. 그런데 갑자기 이런 작업을 하게 된 이유는 h도 잘 모르겠다. 한 가지는 분명하다. 시가 소설이고 소설이 시일 수 있다는 생각이 h를 이끌었기 때문이다. 다르게 말하겠다. h도 소설을 써보고 싶었고 소설을 쓸 수 있다는 자신감 때문에 이 일을 시작한 게 아니다. 그건 너무 아니다. 이 소설은 물론 소설 같지 않은 소설이 될 것이고, 분명히 길을 잃고 버벅대다가 이도저도 아닌 글무덤이 되고 말 것이다. 어쩌면 h의 꿈이기도 하다. 오로지 실패하기 위해 시작하는 소설이라는 점을 강조한다. 어떤 시인의 픽션이어야 하고 그러기 위해 h는 이 소설에 착수한다. 논픽션은 원칙적으로 현실을 픽션화하는 작업이고, 픽션은 허구를 현실화하는 작업이다. 하루키의 의견이다. 아마도 h의 글쓰기는 전자에 속하겠다. 실제의 현실을 끊임없이 수정하면서 h의 것을 h의 것이 아닌 것으로 만들어가는 과정이다.

h는 시인이다. 남들이 그렇게 말한다. 그들이 그렇게 말하는 근거는 무엇일까? 시를 쓰고 발표를 하고 시집을 냈으니 틀린 말은 아니다. h를 시인이라 불러주는 사람들이 고맙기도 하지만 그렇지 않기도 하다. h를 시인이라는 방에 감금하려는 공모자로 보이기 때문이다. 그것은 옳지 못하다. h가 시인인 것은 맞지만 h가 h를 시인이라 생각할 때마다 무언가는 틀어진다. 그래서

할 수 없이 h의 깜냥과 상관없이 반소설을 쓰기로 작심한다. 작자는 물론 h다. 주인공도 h다. 이 소설의 이야기를 h의 자전적 이야기로 환원하려는 사람들은 배신감을 느낄 수도 있음에 유의하기 바란다. 미리 자판을 두드려두지만 그건 h의 탓은 아닐 것이다. h 역시 h의 입으로 h의 얘기를 해보고 싶다. 있는 그대로, 솔직담백하게, 냉정한 객관성으로. 그러나 그렇게 하면 할수록 얘기는 복잡해진다. h의 생각, h의 사생활로부터 멀어지기 때문이다. 너무 가깝지만 너무 멀어지는 h의 이야기를 어떻게 h의 이야기라고 하겠는가. 이쯤에서 하고 싶은 말은 전기나 자서전처럼 맹랑한 책은 없다. 그것은 책의 대상이 된 본인과는 별 상관없는 책이다. 저자의 픽션일 뿐이다. 허무맹랑한, 거짓말보다 더 헝클어진 누군가의 진실로 둔갑하고 있는지도 모른다. 사람들은 진실에 속고 싶을 뿐이다. 이게 진실이야. 진정성 있잖아. 흥!(미로운) 진정성.

그러니까 이 소설은 한 시인에 대한 허구적 다큐멘터리다. 모순적이지만 픽션과 다큐가 섞여 있다는 뜻이다. 반은 사실이고 반은 각색한 내용이라고 들어주지 않길 당부한다. 밀물과 썰물이 교차하듯이 사실과 손질이 어느 순간 어느 장면에서 교차하는 형식이다. 작자는 h이지만 소설 속에 등장하는 h는 h가 아니다. 여러 사실들이 작자인 h의 현실과 유사하지만 그것은 그냥 장치일 뿐이다. 이 사람은 왜 이런 너절한 얘기를 까발리고 있어. 하던 대로 시나 쓰시지. 쌀독의 바닥이 보이듯이 시거리가

다 떨어졌나봐. 그렇게 말한다면 적어도 그것은 아프지만 정확한 지적이다. h의 소설은 이 대목에 기대면서 시작한다. 더 솔직하고 싶지만 참겠다. 모든 솔직함은 다른 솔직함을 감추는 트릭이 된다. h는 솔직함을 믿지 않거든. 솔직성에 관한 한 한국 정치인들만큼 노골적인 부류는 없다. 그들이야말로 매일 나라를 말아먹는 직업적 솔직성의 대명사다. 동어반복이지만 이 소설이 소설로 실패하는 지점에서 h는 오래도록 결코 오지 않을 누군가를 기다리겠다.

지나간 사람

h는 계간지에 보낼 시 1편을 고르는 중이다. 처음에는 청탁을 사양할 생각이었다. 그런 생각이 든 이유를 꼬집어서 말하기는 어렵다. 우선 h에게 청탁한 문예지의 정신적 남루성이다. 20명 이상의 시인들이 동원되는 지면도 어수선한 시장판을 연상시킨다. 그런 무대에 우두커니 서 있다는 것은 적어도 시인에게는 매우 어색한 노릇이다. h의 생각은 그렇다. 그러나 h는 청탁에 응했고, 지금 시를 보내려고 준비하고 있다. 새로 편집위원에 보임된 시인이 보낸 청탁이기 때문에 거절하기 어려웠다는 점이 솔직한 대답이다. 정답이다. 이 정답이 h 스스로에게 의심받는 것은 좀 더 괜찮은 지면이면 생각이 달랐을까 하는 대목이다. 달라지지 않았을 것이다. 그게 또 정답이다. 그 어떤 형태의 발표지면도 젊은 날의 가슴뜀을 복원시켜 줄 수 없다. 거기에는 많은 시간이 개입되어 있다. 그것만이 옳다. 늙은 건가. 그런

설명이 직설적이다.

h는 한국문단의 외곽으로 지나간 사람이다. 누구는 h를 본 적 있다고 증언할 수도 있겠지만 그가 본 것은 헛것이다. 그가 본 사람은 h가 아니다. 순간적으로 h를 대역한 누구였을 뿐이다. h를 잘 안다고 주장하는 사람은 자신이 경솔한 인간이라는 것을 고백하는 것과 같다. 주민번호와 은행계좌를 적고 원고를 보냈다. 시 1편이 h를 지나갔다. 시 1편에 3만원을 받는 것은 문학행위가 아니라 저렴한 소매업이다. 자영업자다. 어떤 나이의 사람들은 이런 문화적 행태를 부끄러워했다. 시를 돈과 교환한다는 것에 대한 인문학적 부끄러움일 것이다. 내숭도 뭔가 있어 보이게 하는 표면이다. 요즘은 다르다. 시 한 줄도 돈이라는 생각들이 전면화된 시대를 살고 있다. 잊지 말자.

촉탁의 꿈

어젯밤은 새벽 두 시까지 잠들지 못했다. 잠이 h의 주변을 빙빙 돌다가 사라지곤 한다. 잠 없이 놀다가 두 시보다 늦어서야 잠이 든다. 몇 시에 잠들었는지는 모른다. 누가 잠든 시간을 기록해주어도 좋겠다. 일어난 시간은 h가 확인한다. 몸에 밴 습관보다 두 시간 뒤인 아홉 시에 깨어났다. 몇 년 전 같으면 이 시간에 h는 강의실에서 출석을 부르고 있거나 2교시 수업을 위해 아파트 주차장을 벗어나고 있을 것이다. 간밤의 희미한 숙취 같은 것을 즐기면서 말이다. 이상스럽지만 그런 날 강의는 순항하는 편이다. 몸 어딘가의 경직이 풀리면서 생각지도 않았던 생각이 흘러나오고 머릿속을 맴돌던 작가의 이름이나 출생연도 같은 것도 보고 읽듯이 자연스럽게 재생된다. 학생들과 상관없이 h에게는 명강으로 기억된다. 녹음해둘 걸 하는 마음도 든다. 강의가 끝나고 강의동이 있는 4층을 내려와 연구실까지 오

는 동안 강의내용들은 자동으로 삭제된다. 아쉽지만 고맙기도
하다.

어젯밤에는 꿈을 꾸었다. 꿈의 서사는 없고 단편적 인상만
단출하다. h가 연구실 책상에 앉아 있다. h는 한 사람의 촉탁같
다. 촉탁은 임시직 근로자라는 뜻. 책 읽는 일을 위임받은 임시
직 근로자다. 책을 읽는다. 어떤 책인지는 모른다. 그저 말없이
책을 읽는다. 그런데, h의 눈동자가 지나가면 거기 있던 활자는
사라진다. 다 읽고 나면 활자가 가득하던 페이지는 벼를 벤 논바
닥처럼 휑하다. 제목을 읽으면 제목이 사라지고, 소제목을 읽으
면 소제목이 사라지고, 첫 문장을 읽으면 첫 문장이 사라지고,
첫 단락을 읽으면 첫 단락이 없어진다. 이상하게 생각한 h가
다른 책을 펼쳐서 읽어 본다. 역시 마찬가지다. 서점에서는 쫓겨
난다. 책만 그런 게 아니라 꿈 속에서 h가 읽는 문자는 모두
사라진다. 꿈은 거기까지다.

시인이라는 누명

h는 시인이다. 이렇게 써놓고 h는 웃는다. h는 왜 웃는가. 시인이라는 명사에 대한 조롱은 아니다. 그 속에 h가 있다는 사실을 웃는 것이다. '무려' '심지어'라는 말이 h 앞을 가려줄 때 h는 h다워진다. 다른 사람은 모르겠으나 시인이라는 말처럼 감당하기 쑥스러운 말이 있을까. 시인이라는 명사는 단지 시를 쓰는 사람을 가리킬 뿐이지만 거기에는 여러 의미가 덧칠되어 전승되고 있다. 양심, 정직, 순수, 번민, 시대고와 같은 추상적 의미들 말이다. 대한민국처럼 기구한 역사를 지속한 민족국가에서는 더욱 그렇다. 그게 명함이고 그게 자부심이고 그게 일말의 권력이 되기도 한다. 그렇든 저렇든 h에게 시인은 과도한 누명이다.

h는 쓸 뿐이다. 시를 오래 쓴 시인들이 오다가다 접하는 질문이 있다. '아직도 시 쓰세요?' 이 질문의 뉘앙스는 '아직도 칼국수집 하세요?'라는 질문과 같은 서술구조 속에 있다. 질문의 뒷

면은 괄호 열고, '고생 많으시네요.' '삶이 고달프구나.' 괄호 닫고, 이런 반응이 숨어 있다. 이런 질문 앞에서 할 말이 없다. 질문자의 질문이 맞기 때문이다. 질문은 언제나 질문자의 것이지 질문 받는 상대편의 것은 아니다. 옷장에 100벌의 드레스가 있어도 오늘 입고 나갈 한 벌의 드레스가 없다는 여자의 심정을 이해하시려나. 여자가 아니지만 h는 그 여자의 심정을 십분 이해한다. 이해하기로 한다. 100편의 시를 썼다고 해도 쓰여지지 않은 한 편의 시가 절박해서 또 신입 타이피스트처럼 자판을 두드린다. 나이 60이 훌쩍 넘어서도 그렇게 사느냐는 젊은 축의 힐책을 들을 때가 왕왕 있다. h는 그때마다 어떤 동류감을 느낀다. 인류는 역사를 살기도 하지만 그날그날 하루살이처럼 산다. 하루살이에게 과거나 미래는 없는 시간이다. 다시 말하지만 우리는 하루만 산다. 오늘만 산다. 당신들이 쓰는 시가 당신들의 시이듯이 h가 쓰는 시는 h가 살고 있는 오늘의 시다.

외출하려고 준비하는데 거실 벽에 매달린 인터폰이 울렸다. 누구세요? 박교수님 댁이지요? 네. 누구세요? 택뱁니다. 택배라고 말한 사람은 지하 주차장에서 인터폰을 했다. 잠시 후, 그는 현관에서 다시 벨을 눌렀다. 문을 열었더니 오십대로 보이는 낯선 남자가 쟁반을 들고 있었다. 받으시고 서명해주세요. 택배가 말했다. h는 쟁반을 받아들고 그가 내민 휴대용 단말기 액정에 서명했다. 택배상자를 열었더니 거기엔 h의 얼굴이 담겨 있다. h는 낯선 자신의 얼굴을 들여다본다. h는 이 현실이 무엇을 의미하는지 판단하지 않기로 한다. 그냥 받아들일 뿐이다. 막연한 의문은 의문으로 남겨두기로 한다. 이해라는 말은 다소 폭력적이다. 우리는 이해할 수 있는 범위 안에서만 이해한다. 이해의 범위를 넘어서는 것은 각자의 추론에 맡긴다. 이해의 경계를 초월할 때마다 h는 새로워진다. 시도 그런 것이라 생각한다.

3만원짜리 시

오늘 시 한 편을 썼다. 통상의 시세로 보자면 3만원 짜리 시다. 운 좋으면 5만원은 받을 수 있다. 발표할 수 있는 지면이 있을 때의 일이다. 발표 기회를 얻지 못하면 재고가 된다. 자고 일어나면 시가 쏟아지는 세상이기에 재고는 대체로 시적 가치를 상실하게 된다. 쓰는 사람의 입장은 쓴 것으로 만족한다. h 안에 있던 어떤 아이디어가 밖으로 산출되었다는 기쁨이다. 그러나 이 말보다 더 적실한 것은 h 안에 없던 어떤 것이 언어 속으로 스며들었다는 놀라움이다. h는 대체로 어떤 의도 아래 시를 쓰는 타입이 아니다. 시는 그냥 쓰여진다. 몸 안에 고여 있던 액체가 흘러나오듯이. 이 문장에 대한 오해가 없었으면 좋겠다. 시를 자연발생적인 산물로 여긴다는 것으로 이해되지 않기를 바란다. 어떤 순간에 어떤 문장을 밀고나간다는 설명이 h에게는 가장 정확하다. '의미 있다, 깊이 있다, 심오하다, 철학적이다, 미학

28

적이다'와 같은 판단에는 동의하지 않는다. 그보다는 언어의 어지럼증이라면 신뢰하는 편이다. 오늘 h가 쓴 시는 은유도 아니고 환유도 아니고 상징도 아니다. 이제 이런 말들은 좀 그렇다. 언어라는 게 사실은 그 무엇을 표현하기에 딱인 수단이지만 시인이 그 수단의 일반성에 의지하면 곤란해진다. 언어에 기만당한다. 언어는 대상의 어떤 점을 표현하고 설명하지만 어떤 점을 감추고 왜곡하는 속성을 가지고 있다. 언어에 속지 않기 위해서 시인들은 언어를 탈탈 털어서 사용해야 한다. 그때 상투적으로 사용되는 기술이 은유니 상징이니 하는 것들인데 재미없다. 독이 묻은 언어, 속이 보이지 않는 언어, 설명을 거부하는 문장을 써야 한다고 h는 믿는다. 그런데 우리는 언어에 묻은 농약 같은 이물질을 씻어내려고 애쓴단 말이지. 심지어 맑고 곱고 투명한 말씀씀이에 대한 고루한 유습(遺習)도 여전히 생명력을 유지하고 있다. 말은 쉽지만 어쨌든 시인은 새로운 문법을 창안해야 한다. h는 그런 시인이 아니다. 언어를 추종하거나 언어에 기댈 뿐이다. 전형적으로 저급한 태도다. 이의가 없다. h는 그저 언어에 압사당할 뿐인 시인이다. 싸우다 장렬하게 죽는 전사도 아니고, 순직도 아니고 단순 과로사 같다고나 할까. 과로사도 이해받고 싶을 때가 있다.

거짓말

● ● ●

나는 이미 모든 행복의 근원에 도달했다.
쇼팽의 유언이다.

거짓투성이 진실

●　●

　쇼팽의 유언은 감동적이다. 그러나 이 유언은 명백한 거짓말로 밝혀졌다. 쇼팽의 여동생 루드비카의 증언이다. 쇼팽은 죽기 몇 시간 전부터 의식을 잃고 있었으며 아무 말도 하지 않았다고 여동생은 회고했다. 올가 토카르추크의 장편소설 『방랑자들』에서 읽었다. 죽을 때 가지고 갈 수 없어서 불가피하게 많은 재산을 두고 가야하는 부자들이라면 고용 변호사를 통해 미리 유언장을 작성하는 것이 사려 깊은 일이다. 남겨야 할 게 별로인 대부분의 사람들은 유언이랄 게 있을까 싶다. 건강하게 살아라. 사이좋게 살아라. 이런 것이 고작이 아닐까. 아무튼 h는 쇼팽의 유언이 거짓말이라고 해도 저 말을 믿고 싶다. h는 이미 모든 행복의 근원에 도달했다. 다시 읽어 보아도 거짓말로 느껴진다. 행복의 근원에 도달하다니! 그저 놀라운 기만이다. 죽기 전에 남긴 말이라는 점에서 기만의 진실성은 더 울림이 크다. h가 말하고자 하는 요점은 쇼팽의 유언을 또는 누군가가 죽기 전에 남겼다는 말을 믿을 것인가 말 것인가의 문제다. 유언은 당사자가 했든 대리인이 작성해주었든 간에 그 워딩은 한 사람의 생애를 급속으로 응축해버린다. 쇼팽의 유언은 그의 아름다운 피아노 선율과 분리되지 않는 접착력이 있다.

소설가 이상이 임종시에 레몬 향을 맡고 싶다고 했다는데 그 또한 훗날 사실이 아니었음이 밝혀졌다. 그래도 누군가 참 시인 이상에 맞는 문장을 착상했다고 생각한다. 시인 김용택의 아버지는 '네 어머니가 방마다 아궁이에 불 때느라고 고생 많이 했다. 부디 연탄보일러를 놓아드려라'라고 유언했다. 소설가 김훈이 전한 내용이다. 이런 점으로 볼 때 기인으로 살았던 승려 중광의 마지막 말도 그의 생을 함축하는 여진이 크다. 괜히 왔다 간다. 중광이 세상에 남긴 마지막 중얼거림이다. 과문에도 불구하고 유언의 분야에서 중광의 말은 단연 압도적이다. 문장들이 h의 의도에서 벗어났다. h가 문제삼고 싶은 것은 한 사람의 생애는 유언 한 줄로 정리될 수 있는가의 문제다. 정리라는 단어를 선택했지만 한 인간의 생애는 어떻게 설명해도 정리되지 않는다. 당사자가 안고 가는 것이다. 당사자만 아는 것이다. 그러니까 누군가에 대한 설명이나 평가는 화자의 것에 속할 뿐이다.

자기의 삶을 자기가 진술한다면 진실성에 도달하는가? 고레에다 히로카즈의 영화 「파비안느에 관한 진실」은 이런 의문에 대해 정곡을 짚고 있다. 영화배우 파비안느가 쓴 회고록은 주변의 누구도 설득하지 못한다. 오랫동안 고락을 같이 한 매니저도 딸도 사위도 동의하지 않는 회고라는 것이다. 말하자면 집필자 파비안느만 설득시킨다는 내용이다. 공감한다. 파비안느의 진실은 파비안느에게만 속한다. 이 영화의 진실은 그 점에서 진실이다. 어떤 진실은 통편집 되고 어떤 진실은 왜곡되거나 전적으로 재구성 된다. 그 또한 기억의 진실이요 진실의 기억이다. 사람들이 회고록을 쓰거나 자서전을 쓰는 소이는 다른 사람의 왜곡이 두려워서일 것이지만 그 또한 왜곡이다. 자작극이다. 그것을 부정적으로 이해하는 것은 문제를 단순화시킨다. 파비안느의 진실이 파비안느에게만 속하듯이 h의 진실은 h에게만 속한다(고 본다).

오! 한기

● ● ●

어디선가 그는 '한국문학 당신 어딨어?'라고 말했다. 그게 어
딘지는 까먹었다. 그는 1985년생이고, 동국대학교 문예창작과
졸업이다. 2012년 현대문학에 「파라솔이 접힌 오후」로 등단했
다. (옛날에 현대문학은 사무실이 종로 5가에 있었다고 한다.
h는 동대문에 내려서 종로 5가를 걸어가는 동선을 많이 선택한
다. 1호선 환승 과정이 지루하기 때문이다. 5가에서 1가까지 분
화되는 거리 표정을 즐기기도 한다.) 나는 자급자족한다. 『홍학
이 된 사나이』, 『의인법』, 『가정법』과 같은 소설집들이 뜬다.
『나는 자급자족한다』의 줄거리를 읽어 본다. 각종 글쓰기 아르
바이트로 근근이 생계를 유지하던 프리랜서 작가 '나'는 취업을
위해 무턱대고 여러 기관에 입사 지원 메일을 보낸다. 그중 하나
가 cia. 이를 계기로 '나'는 cia 한국지부 비밀공작처장 미아 모닝
스타에게 모니터링 요원으로 채용되어 코드명 '카프카'를 부여

받는다. 스파이 훈련을 받은 뒤 여러 가지 사건을 해결하며 그녀의 신임을 얻는 '나'. '나'의 주요 업무는 미아 모닝스타로부터 적으로 지목된 사람들을 '자급자족단'과 연관 지어 가짜 보고서 작성 및 가짜 뉴스, 괴담을 생성해 유포하는 것이다(줄거리는 여기까지다). 출판사 서평 앞에 뽑혀 있는 문장은 '중요한 것은 진실이 아니다, 차라리 진실을 가공해내는 서술의 힘이다.' h는 1984년생 소설가에게서 '사실'을 학습하고 있다.

더 모호하게, 완전 모호하게

수도권에 비상저감조치가 발령되었다. 06시부터 21시까지다. 대중교통을 이용하고 보건용 마스크를 착용하라는 환경부의 안내 문자가 왔다. 눈앞이 자욱한 아침이다. 미세먼지가 서울 하늘을 뒤덮었다는 기상뉴스의 발표는 표현에 부합하는 실감을 준다. 서울 도심의 스카이라인이 윤곽을 지우고 사라졌다. 이렇게 모호해지면 분명해지는 게 따로 있다. 모호성은 그 자체로 부정적인 의미를 가지고 있지만 사실은 모호성이야말로 모든 사태의 본질이다. 모호성의 외피를 벗겨내면서 선명해지는 것은 환영이다. 모호성이 감춘 것이 아니라 의식의 행간 속에 잠복했던 관념이 형태를 드러내는 순간을 현실이라 불러야겠다. 모든 게 환영이다. 이렇게 쓰면 너무 감상적인 자기 표백인가. 환영, 환상, 곡두는 인터넷 랙(lag) 현상의 현실판이다. 바뀌어야 할 화면이 오지 않고 그대로 남아있는 정지 화면 즉 화면의 잔상효과 같은 것이다.

가령, 문학사라는 것도 당대문학의 일반적 모호성에 어떤 값을 주려는 편집자들의 권력 욕구에 다름 아니다. 그 수많은 소설가가 쓴 그 수많은 소설, 그 수많은 시인이 작성한 그 수많은 시편들을 어떻게 비평적으로 판단할 것인가. 그것은 거짓말이다. 편집자가 내장한 편견의 일반화다. 속된 말로는 그건 당신 생각이다. 문화사가 에곤 프리델(Egon Friedell)은 "인간이 궁리해낸 모든 분류법은 독단적이고 인공적이며 오류"라고 했다. 그의 말도 오류가 없는 것은 아니다. 모든 선택과 집중은 정치적이며 권력 지향적이다. h는 그런 눈길로 1930년대 한국문학사를 읽는다. 문학 외적 스트레스가 강력했던 시대다. 시대적 모순에 대한 저항이 있고, 또 저항에 대한 저항도 컸던 문학들이 즐비하다. 거칠게 말하자면 한국문학이 갈 수 있는 길을 온힘을 다해 갔던 시기다. 그러나 거기에는 이상만 있고, 박태원만 있고, 김유정만 있고, 이기영만 있고, 이효석만 있고, 서정주만 있고, 백석만 있고, 이용악만 있었었던 것은 아니라는 게 h의 변함없는 생각이다.

그들은 단지 그들 자신만을 대표한다. 그것도 자기 역량 안에서 말이다. 그들 몇몇의 문인이 당대문학을 대표한다는 듯이 비평하는 것은 일말의 도착이다. 잠정적 일반화의 오류 같은 것이다. 그렇다고 박태원이나 이상의 문학 텍스트에 대한 평가가 달라지는 것은 아니다. 시인은 시인 자신을 대표한다. 그것이 시의 진실이다. 어쩌다 자신만이 아니라 남의 생각을 대변하기도 한다. 그러나 그것은 그리 찬양할 일은 아니다. h는 h를 대표하고 싶다. 나는 누구지? 이런 막강한 의심은 진짜 나를 나로 만든다. 즉 나는 하나의 대명사다. 나는 나를 대신하며 나를 대표한다. 기본적이며 궁극적인 딜레마는 내가 누군지 모른다는 명제다. 남이 말하는 내가 나일 것이다. 맞다. 남의 정의에 저항하고 수정하는 것도 나다. 아마 h는 후자일 것이다. 나는 누구인가. 붓다의 화두에 이어지는 반응들에 h는 호응한다. 내가 누구인지 말할 수 있는 자는 누구인가. 셰익스피어. 내가 나를 모르니 내가 남인가 하노라. 고시조의 입장. 시는 왜 쓰는가. 이런 소모적이고 반복적이고 대답 없는 질문으로부터 매일매일의 시는 출발한다. 시인들은 다 그렇다고 생각한다. 모호하게 더 모호하게 완전 모호하게.

혀를 늘어뜨린 고독

● ●

이젠 고맙다고 해야지. 이렇게 늙은 게 고맙고 병든 게 고맙고 아픈 게 고맙다. 모두 고맙다. 내가 없으니까 모두 고맙다. 하루 종일 내리는 비도 고맙고 모기도 고맙고 밤새도록 내 피를 빨아 먹는 모기도 고맙다. 비 오는 저녁 맥주 배달 온 지하상가 총각 도 고맙다. 아직도 맥주 마시는 게 고맙고 헤매는 게 고맙고 파출부가 식탁에 씻어놓은 복숭아도 고맙고

이런 밤엔 떠난 사람도 고맙다. 개미도 고맙고 거미하고 노는 나도 고맙고 발톱도 고맙다. 무엇보다 힘이 없는 내가 고맙고 고구마도 고맙고 고단한 고단한 삶도 고맙다. 선생님 잡비 하라 고 이십만 원을 봉투에 넣어준 나이 든 제자도 고맙고 두통도 고맙다. 내가 없으니까 모두 고맙다. 고래도 고맙고 고뇌도 고맙 고 고등어 고드름 고독 고등어의 고독 이 고독도 고맙다. 고색이

창연하다.

고양이 우는 소리 고함 소리 이 고문도 고맙다. 오늘 밤은 고마운 밤. 이 가느다란 가냘픈 빈약한 밤도 고맙다. 시를 포기하고 쓰니까 시도 고맙다. 내 뒤에 있는 내가 고맙고 시간 뒤에 있는 시간이 고맙고 시 뒤에 있는 시가 고맙다. 너무 고마워 갑자기 쏟아지는 눈물도 갑자기 내리는 비도 사라지는 비누도 우산도 고사리도 오늘 점심때 먹은 고사리도 고맙다. 혀를 늘어뜨리고 찾아오던 고독도!

이강 선생의 시를 읽는다. 제목은 「혼자 돌아다니는 팔」이다. 심심해서 그냥 입력해둔다. 이 시는 이 시 나름으로 충분한 진술이자 설명이고 고백이다. 이 시 옆에 있는 것으로 충분하다. 고독하기 때문에. 고독하지 않기 위해. 고독 속으로 잠수하기 위해. 오늘은 2019년 12월 14일 토요일. 서울 기준으로 입춘 뒤끝 같은 날이다. 오다가 멈춘 봄이 고맙다.

안국역 2번 출구

● ●

  h는 어제 3호선 안국역 2번 출구를 나왔다. 본 사람 있을까? 건널목을 건너면 거기 육개장을 파는 식당이 있다. 이름이 뭐더라. 그건 생각이 나지 않는다. 육개장이 개운한 집이다. 얼큰함과 개운함의 균형을 잘 맞춘 식당이다. 그 집에는 화장실이 실내에 없어서 나가서 오른쪽 계단을 올라가야 한다. 화장실 비번은 카운터에 크게 적혀 있다. 길 가다 급하면 이용해야지 싶어서 번호를 외워두었는데 식당을 나오면 잊어버린다. 기억의 문제가 아니라 기억력의 자동제어장치 같다. 쓸데없다고 판단되는 정보는 기억의 회로에서 자동으로 삭제되는 모양이다. 식당에서 육개장을 주문하고 날씨에 따라 소주 한 병을 시켜서 반 병만 따라 마신다. 자작시 같은 자작이다. 지하철 입구 근처라 붐빌 것 같은데 생각만큼 손님이 붐비는 건 아니다. 건너편 자리에 아는 사람이 앉아 있을 것만 같은데 그건 그냥 착각이거나 바람

이다.

h가 이 자리에 앉아서 육개장을 먹고 있다는 사실을 아는 사람은 없다. 그건 참 신나는 일이다. 누군가 h의 다큐를 만든다면 이 장면이 삽입되어야 할 텐데 걱정이다. h가 손수 만든다고 해도 걱정이 없는 것은 아니다. 기억이란 알다시피 언제나 재구성된다. 그게 기억력의 힘이다. 재구성, 재편집, 왜곡, 통편집, 거세, 삭제와 같은 기능을 기억력은 극비리에 실시간으로 해치운다. 있는 그대로라는 표현은 기만이다. 객관적이라는 말도 그렇다. 다시 한번 말하자면 h에 대한 다큐가 있다면 이 육개장집 오늘의 풍경이 삽입되지 않았다면 그건 좀 곤란하다. 주인공인 h는 동의하지 않을 것이다. 그래서 하는 말이지만 글쓰기 또한 환영에 대한 환영이라고 생각한다.

이 집에는 두 번 왔다. 아니다 비오는 날 한번 더 왔으니 오늘까지 세 번째다. 이 집을 선택하는 이유는 육개장 맛도 맛이겠지만 전철역을 나와 몇 걸음 움직이지 않아도 된다는 동선의 절약이 마음에 들어서다. 장이지의 시 「안국동울음상점」이 떠오르는 건 h가 안국동에 왔기 때문만은 아닐 것이다. 가끔 h는 시의 본체와 무관하게 제목만으로 자신의 상상을 배양하기도 한다. 가령, 안국동 골목에 접어들면 어딘가에서 울음을 파는 상점이 진짜로 있을 것 같다. 있어야 한다고 스스로에게 강요한다. 울고 싶은 사람들에게 딱 알맞은 울음을 파는 상점이 있다는 상상은 그럴 듯 하다. 안국동에서 파는 울음의 주종은 아마도 흐느낌이 어울리겠다. 우는 사람도 잘 알아채지 못하고 숨죽여 목으로 넘겨보내는 흐느낌이 적당하다. 가끔 안국동에 와서 울고 가면 좋겠다. 본질적인 울음만 울어야 한다. 태어날 때 울었던 그 이유만으로 울어야 한다. 한많은, 고달픈, 서글픈, 괴로운 따위의 복잡한 울음은 반칙이다. 순수하게, 티없이 울어볼 것.

존 가드너

결론적으로, 진짜 장편소설가는 중간에 때려치우지 않는 사람이다. 소설 쓰기는 직업이라기보다는 요가이고 세속적인 평범한 삶의 대안이다. 그 삶은 유사 종교적이고—머리와 가슴의 질적 변화, 그리고 소설가가 아니면 결코 이해할 수 없는 만족감—그 고된 작업으로 이득을 취하는 것은 영혼밖에 없다. 이를 천직으로서 진정으로 받아들이는 사람에게는 정신적인 이득만으로도 충분하다. 존 가드너의 결론을 읽고 책을 덮으면서 h는 생수 한 잔을 마신다. 한 잔 더 마신다.

난삽

●　●

　왕왕 있는 일이다. 물론 옛날 일이다. 옛날이라는 말이 실감은 없지만 그렇다. 강의가 없는 오후에 누가 h의 연구실을 찾아왔다. 여자였고 모르는 얼굴이었다. '누구세요.' '어떻게 오셨나요.' 와 같은 말을 던졌고, 그쪽에서는 평소 h의 시를 많이 읽었다고 말했다. 그렇다면 내 시의 독자? 그의 손에는 음료수 박스가 들려 있었다. 뭘 이런 걸. 그러면서 그가 앉고 h도 마주 앉아서 어색하고 낯선 용무를 주고받기 시작했다. 연구실 서가를 눈으로 둘러보던 그가 책이 많다고 말했다. 약간의 겉인사와 약간의 선망을 담은 목소리였지만 진심은 잘 모르겠다. 많다고 할 만큼 책이 많지가 않기 때문이다. 어느 정도라야 많다고 할지 모르겠지만. 대개 그렇지만 서가에 꽂힌 책들은 논문용이거나 오다 가다 그러니까 수년 만에 한번 거들떠볼까 말까한 책들이다. 주상의 발길이 끊어진 구중궁궐 안에서 세월없이 늙어가는 후

궁의 처지와 비슷한 책들이 주종이다. 그냥 있는 것이다. 그것만
으로 미미한 존재감을 부여받고 있는 책들이다. 필요한 책은
손 가까이 있다. 책상 위, 침대맡이 제자리다. 그것도 앞서거니
뒤서거니 혼잡스런 체위로 뒤섞여 있다. 그게 h에게는 진짜 책
이다. 더 심한 표현은 자제하겠다.

h는 방문객이 자기의 독자이고 h의 문학에 관심이 있을 것이
라 미리 단정을 하고 그를 바라보며 시인다운 또는 시인 비스름
한 표정 연기를 하면서 그를 바라보았다. h의 연구실까지 찾아
온 손님이니 시에 관심이 있거나 특히 자신의 시에 관심이 깊은
독자라고 단정해보기도 한다. h의 방에는 대접할만한 음료수가
없었기에 그가 가져온 음료수를 컵에 따라서 그도 한 잔 h도
한 잔씩 마셨다. 인삼이 섞인 음료수였다. 몸엔 좋겠지만 맛은
한적했다. 이런저런 얘기를 나누다가 방문객의 독서 이력 같은
것을 듣게 되었다. 그는 주로 시집을 읽어왔다면서 여러 명의
시인들을 열거했다. 들어본 시인도 있고 금시초문인 시인도 여
럿 있었다. 그의 입을 통해서 정말 시인이 많다는 것을 확인하게
되었다. 세상에는 h가 아는 시인보다 h가 모르는 시인이 많다는
사실이 놀라웠다. h가 시의 개념을 너무 협소하게 잡았다는 깨
우침을 가지는 순간이기도 했다. 한 삼십 분 동안 h는 어색한
문학적 담소를 나누었다.

h는 h의 생각이라 할 만한 얘기는 꺼내지 않고 그저 접대용
대사만 중얼거렸다. 그가 읽었다는 시집은 h에게 매우 난삽했

다. 난삽이라는 말을 바꾸겠다. 난삽이라는 용어는 문학 안에서는 부정적인 말이다. 느낌이 좋지 않은 말이다. 난삽으로 지적받는 시들은 대개 시와 관계없는 시들이다. 그러고 보니 h가 지금 난삽한 문장을 쓰고 있다. h는 지금 무슨 말을 하고 있는가. 더 난삽하게 말하자면 그가 거론한 시들은 그의 공부 범위 안에서는 시라고 말해질 수 없는 허접한 것들이다. 손님은 청록파 시인이 누군지 모르고, 정지용의 대표시가 무엇인지 전혀 상관없는 독자였다. 이런 말도 오해의 소지가 있다. 시를 읽고 좋으면 됐지 그런 문학사적 지식을 꼭 알아야 합니까? 물론 이런 반론도 보호받을 온당한 근거를 지닌다. h는 문학 지식의 함량 미달을 탓하는 게 아니라 시를 수용하는 일반 독자의 나쁜 선례를 두고 하는 말이다. 학교에서 입시용으로 배운 시에 대한 지식이 전부인 독자들이 학교 밖을 벗어나는 순간부터 시에 대한 혐오감을 주체적으로 망각하기 위한 방식이 바로 시장 근처에 있는 시에 대한 손쉬운 투신일 것이다. 정직하고 절절한 듯이 포장된 시들은 골머리 아프게 사는 대중들을 쉽게 포섭할 수 있다. 그리고 자기의 포로로 만든다. 이 나라에서 시집이 많이 팔렸다는 혐의는 이로부터 자유롭지 않다.

저급한 시나 고급한 시나 마케팅 전략은 전혀 동일한 차원에서 이루어진다. h는 또 실수한다. 시에 고급과 저급이 있다는 저열한 이분법이라니. 맙소사의 주지로군. 이제 저급이나 고급은 없다. 본래 있지도 않았던 그 경계! 그가 돌아간 뒤 늦게까지

h는 연구실에 남아 있었다. h는 h의 시가 누구도 설득시키지 못한다는 절망감으로 깊은 명상 속에 빠졌던 날이다. 딱 한번 만나고 그만이었지만 그날 문득 자신의 연구실을 방문했던 그 사람이 h에게는 시적인 붓다였다. 지금도 그렇다. 사바하.

내가 죽는 날 그 다음 날

오늘은 당현천변을 걸었다. 성급한 독자는 물을 것이다. so what? 어쩌라구? 모든 그래서는 불만이나 불신의 기호다. 그것은 발화되는 순간부터 답을 바라는 게 아니다. 질문자는 어떤 답을 미리 선점하고 있다는 뜻이다. h는 그런 인류가 좋다. h도 그런 과에 속한다. 그 분 참 좋은 시인입니다. 그런 진술 앞에서 h는 질문을 삼킨다. 그래서요? 왜냐하면. 시는 각자에게 소속되는 발설이고 그래서 각자의 시가 있을 뿐이다. 농부는 농부의 시가 있고, 어부는 어부의 시가 있다. 그렇지 않은가요? 교수는 교수의 시가 있고 스님은 스님의 시가 있다. 박사는 박사의 시가 있고 석사는 석사의 시가 있다. 문창과는 문창과의 시가 있고 국문과는 국문과의 시가 있어야 맞다. 너는 너의 시가 있고 나는 나의 시가 있다.

다르게 말하겠다. 시는 각자의 것이기에 시의 층위는 없다.

모든 시는 공평하다는 데 한 표. 다시 '그래서요?'라는 질문이 있다면 다시 말하겠다. 시장에서 떠도는 시의 계층 가리기에 넘어가지 말자는 말이다. 시는 각자의 증상이다. 가렵고 쓰리고 근지러운 증상은 어딘가가 일그러졌다는 신호다. 증상은 각자의 현실에 균열이 갈 때다. 당현천은 상계동의 끝 혹은 불암산 자락 여기저기서 발원한 작은 천변이다. 실개천의 일종이다. 억새와 갈대가 바람결에 나부끼는 작은 풍경은 안분지족이다. 피아노 솔로 같은 개천이다. 개천은 며칠을 흘러서 서해에 가 닿을 것이다. 그동안 중랑천에 가 섞이고 다시 한강을 만나게 된다. 그 다음은 서해에 도착한다. 걷는 사람, 자전거 타는 사람, 아이, 어른, 젊은이, 노인과 강아지들이 띄엄띄엄 섞여서 당현천 같은 물길을 이루면서 흘러간다. 마을 입구에는 천상병의 「새」가 새겨진 시비가 있다. 손바닥만한 공원이다. 벤치 두 개가 있다. 가끔 누가 앉기도 한다. 안타깝게도, 다행스럽게도 시비를 들여다보는 사람은 보지 못했다. 물론 밤낮없이 지켜본 것은 아니니까 사실에 부합하는 말은 아니다.

외롭게 살다 외롭게 죽을
내 영혼의 빈 터에
새날이 와, 새가 울고 꽃잎 필 때는,
내가 죽는 날
그 다음날.

산다는 것과

아름다운 것과

사랑한다는 것과의 노래가

한창인 때에

나는 도랑과 나뭇가지에 앉은

한 마리 새.

정감에 그득찬 계절

슬픔과 기쁨의 주일(週日)

알고 모르고 잊고 하는 사이에

새여 너는

낡은 목청을 뽑아라.

살아서

좋은 일도 있었다고

나쁜 일도 있었다고

그렇게 우는 한 마리 새.

　천상병은 살아서 유고시집을 낸 시인으로 회자된다. 죽은 줄
알고 문우들이 십시일반으로 출판한 시집이 그 『새』다. 여기에
얽힌 일화가 오래 전한다. 그는 서울대학교 상과대학을 중퇴했
고, 1967년 독일 동베를린 공작단 사건 일명 동백림 사건에 연루

되어 6개월간 옥고를 치렀다. 이때의 고문 후유증으로 심신이 피폐하게 된다. 아마도 시인 천상병의 심신을 결정적으로 휘저어놓은 사건일 것이다. 그는 무연고자 취급을 받고 서울시립정신병원에 수용된 적도 있다. h는 이 대목 즉 '무연고자'라는 말에 관념상으로 혹한다. 82세의 나이로 가출했던 톨스토이도 겹쳐진다. 천상병의 시가 표백하고 있는 옅은 슬픔의 정조는 그의 심정일까? 그것은 아무도 모른다. 시인은 사라지고 시만 남는다. 그게 시의 진실이다. h는 딱 한번 인사동 골목에 있는 카페 '귀천'에서 그를 본 기억이 있다. 아직 젊었던 그의 부인 목순옥 옆에 앉아 있던 천상병은 모든 말을 두 번씩 반복하는 기묘한 습관을 가졌다. 꽤안타, 꽤안타.

동료문인들한테 손을 내밀어 돈을 요구한다는 기벽은 널리 알려져 새롭지 않다. 당시 화폐 단위로 통상 오백원씩 갹출하는 것으로 알려졌다. 손을 내민 천상병 앞에서 돈을 주든가 달아나든가. 그날의 술값이 모금되면 더 이상 걷지 않는다는 자기 규칙도 있다. 문학평론가였던 h의 지도교수에게 '당신은 문학박사니까'라는 단서를 달면서 천원을 요구했던 기억은 새롭고 시적으로 생생하다. 문학석사였던 무명의 시인에게는 손을 벌리지 않았다. 그가 의정부 어디에 살고 있을 때였다. 그런 시인의 시비가 h가 살고 있는 동네 입구에 있다는 사실은 꽤나 흥미롭다. 그의 진실은 그에게만 속한다.

우리는 그저 풍문에 떠다니는 기만적 진실의 조각을 볼 뿐이

다. 일 없을 때 천상병 시비의 먼지를 닦아드려야겠다고 생각한
날이다.

이 소설의 갈 길

● ● ●

h는 지금 소설을 쓰고 있다. h에 대해서, 설정된 h에 대해서, 없는 h에 대해서 쓰고 있다. 픽션에서 픽션적인 요소를 제외하고, 논픽션에서 논픽션적인 요소를 걷어내는 작업이 이 소설의 갈 길이다. 소망과 현실, 현실과 비현실은 분리되거나 분별되지 않는다. 이런 생각에 집중하는 h는 누구인가. 누구여야 하는가. 아무래도 h는 h와 상관없는 픽션이라고 본다. 픽션은 좋은 것도 나쁜 것도 아니다. h는 누군가에 의해 자연스럽게, 강제적으로 부여받은 덧씌움이다. 어서 오시게, h여. h는 늘 모르는 배역에 순응한다. 오늘 아침 h의 배역은 다소 늦게 잠자리에서 일어나는 일이다. 어제 그대로의 무대인 방안을 둘러보고 일어나서 창문 앞에 선다. 보이지 않는 무대 연출가의 지시를 의식한다. 지금은 바깥에 펼쳐진 아침 풍경을 내다보면서 오늘의 일을 궁리하는 게 h의 배역이다. 화장실에서 일을 보고 양치질을 하고

가면 같은 얼굴을 가볍게 씻어준다. h인 듯이, h였다는 듯이, h일 수밖에 없다는 듯이 마침내 h는 h를 h라고 인식하고 주장한다. 먹여주고 입혀주고 재워주고 심지어 아끼고 사랑하기도 한다. 아름답고 끔찍함이다. 이런 생각은 허무맹랑하다. 작위적이다. 순문학적이다. 적이라는 접미는 의미의 본체를 희석시키는 요령부득의 역할을 맡고 있다. 순문학적은 순문학의 농도를 뜻한다. 순문학적이라면 순문학 비슷하지만 순문학은 아니라는 가치판단이 들어 있다. h도 모르는 다른 h를 h라고 여기면서 삶을 섞어가야 할 하루가 h 앞에 와 있다.

읽지 않는 독서 모임

● ● ●

"이번 주 책은 뭡니까?" 운전대를 잡고 있는 여학교 체육교사인 k가 h를 보며 말했다.

"『소설가 구보씨의 일일』" 우회전하여 항구 쪽으로 들어서는 차의 가벼운 쏠림을 몸으로 받으면서 h는 무심하게 대답한다.

"박태원 거요?" 다시 k다.

"최인훈이오. 박태원은 지난 주에 했지 않소." h의 대답이 끝나기도 전에 k는 오늘 모임이 있는 주점카페 앞에 차를 주차했다. 항구 안에는 작은 고깃배들이 만국기 같은 깃발을 휘날리며 잔파도에 시달리고 있다. 오후 다섯 시. 이 시간 작은 항구는 철학적이다. 출항하는 배도 없지만 돌아오는 배도 없다. 일없는 갈매기만 이렇다 할 주제 없는 항구의 풍경을 구성한다. 매주 이곳에 오는 것은 아니다. 독서모임은 그때그때 장소를 바꾼다. 오늘은 좀 구성지고 끈적한 구식 정서에 젖는 게 어떻겠느냐고 누군가 제안했고 이의 없이 받아들여진 장소가 이곳이다. 시내에서도 지근에 있고, 산만하지 않아 단조로운 분위기는 독서 모임을 하기에는 별 불만이 없다. 회원은 다섯 명인데 한둘 추가될 때도 있다. 준회원 자격의 손님이 붙을 때도 있지만 대체로 5명 정도가 조출하게 모인다. 체육교사 k, 국문과 교수 p, 지방방송 아나운서 a, 시립도서관 사서 d, h 시인 이렇게 다섯이다. h는 자신을 그저 그런 시인이라 소개한다. a를 빼면 나머지 회원은 항구 언저리에서 태어나서 학교를 다니고 직장생활을 한다. 독서 모임이지만 책을 읽지 않는 비독서 모임이다. 허무한 모임이지만 꼭 허무하지만은 않다. 3년째 이 모임이 흩어지지 않고 이어져오는 게 그 증거다.

"들어가세요." k가 채근한다. 앞장 선 k를 따라서 h도 주점으로 들어선다. k의 친구이기도 한 주인이 예약된 방으로 안내한다. 먼저 온 p 교수와 d 선생이 자리잡고 있다. a는 생방송이 있어 조금 늦는다고 d 선생이 귀뜸한다. 수인사성 안부들이 오고간다. 방 가운데에 긴 식탁이 놓였고, 둘씩 마주보고 앉았다. a의 자리는 비워둔다. 식탁 위에 오늘의 책『소설가 구보씨의 일일』이 네 권 놓여 있다.

"자, 시작합시다." p가 개회 선언을 한다. 그렇다고 무슨 순서가 있는 것은 아니다. 순서도, 내용도 없이 비독서 모임은 시작도 없고 끝도 없이 흘러간다. 책에 대해서 얘기하는 게 아니라 책을 통해 자기 얘기를 하자는 것이 이 모임의 고상한 취지다.

대체로 잡담으로 흘러가지만 그 또한 어쩔 수 없는 소득은 챙기게 된다. 이 모임은 주로 풍문에 의지한, 검색을 통해, 책 주변에 대해서만 얘기한다. 책을 읽은 감상이나 그에 대한 주장은 생략된다. 비독서 모임의 암묵적 지침이다. 독서의 짐은 다 버린 행위들이다. 선정된 책에 대해 토론하고 그 책에 대해 좀 안다는 생각도 갖지 않는다.

"누가 이 책 선정했지요?" p가 자리를 둘러보며 말한다.

"선생님이잖아요." 그 중 나이 덜 먹은 d가 말한다.

"자기가 한 것도 모르시나." 아무렇지 않는 말투로 h가 거든다. 정말 그렇다. 누구도 이런 문제를 두고 어이없다는 생각을 하지 않는다. 자기들도 누가 책을 선정했는지 지금 알았다는 표정이 몸에서 풍겨나온다.

"이 책은 최인훈전집4입니다. 출판사는 문학과지성사구요." d다.

"표지가 젊잖군요." k다.

"문지 책들이 다 그렇지요, 교태는 없지요." p가 젊잖게 말한다.

"4는 뭐지요" k의 k다운 질문이다.

"전집의 네 번 째 책이라는 말입니다." 역시 d다.

"내가 가진 것은 2005년 6월 8일 10쇄로 발행된 책입니다." p다.

"십쇄." k가 p의 말을 받아서 되씹는다.

"펴낸이는 채호기로 되어 있군요." p가 계속 서지를 말한다.

"채호기면 시인 채호깁니까?" d다.

"그럴 겁니다. 그 양반이 사장이었던 걸로 압니다, 그때." p다.

"지금도 사장인가?" k가 다 들리게 혼자 중얼거린다.

"옛날간날이지요, 채시인은 서울예술대학 문창과 교수로 갔어요." 안다는 듯이 h가 끼어들었다.

"잘 됐군요." 느낌 없는 목소리로 식탁 위에 젓가락 내려놓듯이 d가 말한다.

그때, 생방하느라 늦겠다던 a가 '늦었습니다'라는 말을 앞세우고 방안으로 들어왔다. a가 오면서 평미레로 밀 듯이 분위기는 새잡이가 된다.

"무슨 방송인가요?" k가 인사치레로 가볍게 묻는다.

"내 고장 다섯 시라는 로컬입니다." a가 마이크 테스트 하는 느낌으로 말한다.

"내 고향 여섯 시 아닌가요?" k다.

"그건 중앙방송이구요. 그 프로 앞에 하는 로컬입니다. 우리 지역으로 귀향한 지역 인사들의 근황을 주로 다루지요." a의 말투에 약간의 자부심이 얹혀 있다.

"나두 그 프로 본 적 있어요." p가 자기가 보게 된 프로에 대해 부연한다.

"하던 책 얘기를 계속합시다." h다.

"어디까지 했더라…" p가 대략 10분 전 쯤의 기억을 더듬는다.

"채호기까지 했습니다." 역시 d가 산뜻하게 정리해준다.

"최인훈전집의 1권은 여지없이 『광장』이겠지요." p가 말한다. 좌중은 이 대목, 이 순간에 잠시 말들이 없다. 각자의 침묵 공간 속으로 돌아간 것이리라.

"대단한 소설이지요. 그럼. 대단하구 말구지요. 누슨 말이 더 필요하겠습니까." p가 에스컬레이터 되는 감정을 자제하느라 애쓰면서 한 말이다.

"1학년 때 교양과목을 강의했던 젊은 신참 강사가 바로 『광장』 독후감을 숙제로 냈는데, 그게 중간고사 대체용이었습니다. 열심히 읽었습니다. 학점은 기대를 저버렸지만." a의 얼굴엔 오래 전에 흘러간 학부시절의 혼적이 어른거린다.

"저도 책의 존재는 알고 있었지만 뭐 그렇게까지…" k가 말한다.

"책 날개에 보면 전집이 12권으로 구성되어 있어요. 나는 다 가지고 있습니다." p가 전공자다운 말을 하고 있다.

"12권이면 책값도 제법이겠는데요," k다. 다들 못들은 체 조크로 받아들인다.

"전집에 『화두』는 없습니다. 아마 12권으로 완간한 뒤에 출판되어서 그럴 겁니다." d다. 얘기는 누구의 것이랄 것도 없이 저절로 뒤섞여서 흘러간다. 비독서 모임의 컨셉에 딱 어울리는 포맷이다. 컨셉이나 포맷이나.

"『달과 소년병』도 있지요. 그건 작고 후에 나왔더군요."

"돌아가셨나요?"

"2018년에 타계하셨습니다."

"1936년생이더군요. 김관식 1934년생, 신경림이 1935년이고, 황동규가 1938년생입니다."

"김관식은 아주 오래 된 시인 같은데, 신경림보다 딱 한 살 위군요."

"그런 걸 다 외우세요?"

"그냥 기억된 거지요."

"전공자는 다르네요."

"박태원의 소설이 원전이잖아요?"

"그렇지요. 선행 텍스트지요."

"박태원 소설은 읽어보셨겠지요?"

"다시 읽어보려고 책을 구입해놓았습니다."

"근데, 이번에 알았는데, 봉준호가 박태원 외손자라더군요. 「기생충」들 보셨나요? 이번에 아카데미 4관왕 했잖아요."

"봤어요."

"봤던가. 요샌 봐도 가물거려."

"아무튼 대단하잖아요. 그게 어디에요. 한국영화 많이 발전했어요."

"영화도 가끔 봐줘야하는데, 짬이 나야지."

"영화 볼 시간만 없으시지요?"

"「시인 구보씨의 일일」이 있다는 것도 말씀드려야겠네요."

"아, 오규원. 연작시"

"구보가 작가들에게 매력 있는가 봐요."

"소설집 뒷표지에 있는 캐리캐츄어 좋지요?"

"좋습디다. 이제하 거."

"김영태, 이제하의 소묘가 한 시대의 문학적 풍경을 만들었다고 봐요."

"홍구보라는 소설가도 있어요, 제 고등학교 한참 선배님인데. 소설 좋습니다."

"뭐, 선배니까 그렇겠지. 나도 책을 보내줘서 읽었지만 좀 낡았던데."

"그렇기는 하지요. 연배도 있고요."

"나는 그래서 좋던데. 뭐랄까, 세태소설 범주라고 할까. 하여튼 대부분의 소설가들이 놓쳤거나 외면한 지방사람의 풍속을 여실하게 소설에 담고 있더라고. 그가 발로 쓴 『북평장터 이야기』는 아주 귀한 책이야. 한번씩 읽어보시라구. 일종의 르뽀인데, 구술사(口述史)라는 장르지. 소중한 작업이야. 그럼."

"본명인가?"

"필명입니다. 본명은 아마 홍준식쯤 될 겁니다. 그분의 형님은 홍파라고 영화감독입니다. 「몸 전체로 사랑을」"

"멋있네."

"영화 제목만으로 보자면 비강원도적인데."

"비강원도적 인물 중 최강자는 시인 박기원일 거고, 특히 그의 시 「유언」을 꼽아야 할 겁니다. 그의 이런 멘탈은 강원도에 접수

되지 않았고, 기억되지도 않았어요. 일말의 문학사적 불행이지요. 지역으로 봤을 때."

"어떤 신데요."

"제가 검색했습니다. 읽어보겠습니다.

　　내 죽거들랑
　　비석을 세우지 마라.

　　한 폭 베쪼각도
　　한 장 만가(挽歌)도
　　통 걸지 마라.

　　술값에
　　여편네를 팔아 먹고
　　불당(佛堂) 뒤에서
　　친구의 처를 강간하고
　　마지막엔
　　조상의 해골을 파버린 사나이

　　어느 산골짜기에
　　허옇게 드러내 놓은 채
　　개처럼 죽어 자빠진

내 썩은 시체 위에
한 줌 흙도
아예 얹지 마라.

이제
한 마리의 까마귀도 오지 않고
비바람 불며
번갯불 휘갈기는 밤

내 홀로
여기 나자빠져
차라리 편안하리니

오! 악의 무리여
모두 오라.

"히야. 쎄다."

"놀랍다."

"1908년생입니다. 김유정과 같은 해에 태어난 거죠. 일본 니혼대학에서 공부했다고 하니 대관령을 바라본 사람의 정서는 아니기도 하지요? 안 그럴까요?"

"동세대의 구인회 멤버들을 떠올리면 이해가 갈 법도 합니다.

다만 비강원도적이라는 말에는 동의합니다. '몸 전체로 사랑을' 처럼"

"이 책은 활자가 너무 작아요. 보기 힘들어요."

"벌써 그럼 어떡합니까."

"요즘 들어 점점 그래요. 그래도 활자는 작아요."

"옛날 조판이라 그럴 겁니다."

"나는 소설 하면 제목 두 개가 떠올라. 그 제목과 소설은 언제나, 지금도 대한민국을 향해 근무 중이라고 봐. 최인훈의 단편 「국도의 끝」과 이청준의 『당신들의 천국』이야. 대한민국을 봐봐. 정치하는 것들의 천국이지 우리들의 천국인 적 없었잖아. 「국도의 끝」 끝부분에 버스를 타고 가던 양색시가 승객들의 놀림을 견디지 못하고 버스에서 내리면서 버스 안을 향해 던진 말을 잊을 수 없다. 그 말은 지금도 여전히 한국사회를 향해 작동하는 분노지. 개새끼들아, 너희들 다."

"개좋군요."

"선생님은 시를 믿으세요?."

"안 믿어."

"그럼, 시인은요?

"믿지."

"말장난이네요."

"거짓말을 쌓으면 소설이고, 진실을 늘어놓음 시가 되겠지."

"진실은 없는 거잖아요."

"그러니깐두루 있다고 설정하고 서로 속는 거지."

"언젠가 무슨 시상식 뒤풀이에 갔다가 화장실에 갔는데 옆에 최인훈 선생님이 볼일을 보고 계신거야. 딱 보니 최인훈인데, 그야 사진에서 봤던 얼굴이지, 현품은 본 적 없었거든. 그렇다고 옆을 흘깃거릴 수도 없고. 선생님은 맥주 두어 컵에 술이 오른 얼굴이었고 젊잖게 소변을 보시고 나갔어. 나는 한참 뒷모습을 바라봤다. 숭배하는 소설가를 이렇게 보는구나. 그 무렵은 서울 예전에 계실 때지."

"선생님도 최인훈 작가와 인연이 있는 셈이군요."

"그런가."

이쯤에서 음식과 술이 들어왔다. 이제 술잔이 몇 차례 오고가면 토론은 훨씬 진해질 것이다. 대화에 날이 설 수도 있지만 늘 거기까지다. 문학을 두고 비분강개하는 일의 덧없음을 비독서 모임 회원 제위는 너무도 잘 안다. 그리고 문학사적 평가라는 잣대가 철회된 것도 잘 안다. 저들의 입으로 한국문학사를 저울질 하는 것은 무리다. 안개 자욱한 날 밤항구를 밝히는 불빛 같은 비유를 문학에 두는 걸까. 밤이 깊어지면 회원들은 두 번째 장소로 이동하여 많이 너그러워진 표정과 언어로 흘러간 노래를 부르듯이 자기 세대의 문학을 오래 곱씹을 것이다. 항구가 더 어두워질 때까지 회원들은 각자 『소설가 구보씨의 일일』 주변을 맴돌 것이다. 저녁식사와 소주 각 1병씩 돌아갈 즈음에 누군가 말한다. 체육교사 k나 사서 d일 가능성이 크다. 그들이 다소간

젊기도 하거니와 몸 속에 정확한 열정을 담고 있는 축이다.

"다음 책은 선생님 시집 『아무것도 아닌 남자』로 하면 어때요? 여러분."

"안 했던가?"

"그러고 보니 선생님 시집이 빠졌네요. 미필적 고의인가?"

"의문의 1패."

당신을 위한 소설

● ● ●

　누군가 이 소설(이라고 명명된 글)을 읽고 이게 어떻게 소설이
냐고? 그리고 왜 이렇게 재미없느냐고 타박한다면? h는 말하리
라. 이 소설은 바로 그렇게 질문하는 당신을 위해 쓰여진 것일지
도 모른다고. 너그러운 이해 있으시기를.

내선 순환선

h는 어제 오후에 합정역에 갔다. 상계역에서 합정역까지는 환승 한번에 50분이 소요된다. 가깝기도 하고 멀기도 한 거리다. 서울에서는 흔히 소용되는 시간이다. 합정역 5번 출구를 나가서 h는 서교동 골목을 걷는다. 산보하듯이 느리게 걸으면서 분장이 덜 끝난 가게들을 둘러본다. 본다고 다 보는 것은 아니다. 훑어가는 카메라의 시선처럼 h는 그냥 스쳐볼 뿐이다. 술집은 문을 열지 않을 시각이고 흔한 카페도 눈에 잘 들어오지 않는다. 어제까지 있던 카페들이 갑자기 사라지고 그 자리에 다른 가게가 들어선 것 같다. h는 약속한 장소로 들어간다. 전국적으로 체인을 가지고 있는 카페. h가 만나기로 한 50대 중반의 시인이 거기 와 있다. 여시인은 청바지를 입었고 두툼한 셔츠차림이었다. 옆자리에는 그가 벗어놓은 검은색 패딩이 허물처럼 놓여 있다. h와 여시인은 악수한다. 여시인은 여씨 성을 가진 남자다.

여시인은 중년이라기보다 아직 청년기를 덜 벗어난 모습이다. 청년기를 벗어나기 싫은 잔여분이 여시인의 의상과 얼굴에서 배어난다. h가 주문한 커피는 아메리카노이고 여시인은 카페라떼를 주문한다.

그러고 보니 그는 라떼를 마셔본 적이 없다. 커피에 다른 물질이 섞이는 걸 좋아하지 않는 편이다. 이유는 딱히 분석해보지 않았지만 지금까지 그런 습관을 지켜오고 있다. 커피에 대한 순결? h는 웃는다. h는 이 대목의 생각을 슬쩍 건너뛴다. 시가 쓰여지지 않는다고 푸념한다. h는 듣는다. 쓰여지지 않으면 쓰지 않으면 된다고 h는 말한다. 둘 다 웃는다. 둘이 같이 터뜨린 웃음에는 풀기가 없다. 다소 메마르고 다소 휘발성이 강한 웃음이다. 그때 한 사람의 전직 시인이 등장한다. 전직 시인은 자신의 문청 시절을 기준으로 오늘의 문학을 토론한다. 두 사람의 대화에서 세 사람의 대화로 옮겨지면서 자리는 약간의 활기를 더한다. 저단으로 움직이던 자동차가 상위 기어로 변속한 느낌이다. 화제의 중심은 문학에 대한 이야기들이다. 누구도 요즘 문학의 흐름을 정확하게 움켜쥐고 있지는 못하다. 오다가다 귀에 들어온 소식이거나 옆엣사람에게 건너건너 들은 토막 뉴스들이 전부다. 거기에 자기의 생각을 과장되게 보태거나 빼는 식이다. 그게 누군가의 견해로 둔갑하고 여기저기 돌아다니면서 전달된다. 억측이거나 카더라가 되거나 그럴듯한 설(說)이 된다.

어떤 인간이 좋은 평가를 받거나 좋지 않은 평가를 받는 것은 한순간이 아니라 누구의 입을 통하느냐가 문제다. 문학도 그렇다. 그런가 보다, 라고 양보해서 생각한다. 누구는 입에 거품을 물고 찬양하는 시가 누구에게는 시큰둥한 시가 된다. 어떤 양식 있는 사람은 자기 주장의 성급한 보편성을 덜기 위해 '개인적으로 생각할 때'라는 단서를 붙인다. 인간은 다 개인적으로 생각하지 집단적으로 생각하지 않는다. 전체주의적 사고가 없는 것은 아니다. 일사분란한 플래카드 밑에서 손을 쳐들고 외치는 생각은 개인성을 소거시킨다. 거기에 개인은 없다. 낱개로서의 인간은 존재하지 않는다. 우리는 그런 시대를 오래 겪어왔고 지금도 그런 습관은 굳세게 남아 있다. 늦게 나타난 전직시인의 입에서는 쉼없이 자기가 아는 시인들의 이름이 튀어나왔지만 다 한 시대 전의 이름들이다. 그렇게 얘기하기로 하자면 1930년도 눈 앞의 현실처럼 호명할 수 있다.

지금 하고 있는 말은 지금 하고 있는 생각의 표출이다. 한번 해병이면 영원한 해병이다. 그런 말에 빗대어 한번 시인이면 죽을 때까지 시인이라고 인식한다. 살인자는 영원히 살인자다. 대통령도 임기가 끝나도 계속 전 대통령이다. 전직이라는 말 속에는 지금은 아니라는 부정이 새겨져 있다. 전직이 시인이라면 지금은 시를 쓰지 않는다는 말이다. 시를 쓰지 않는 사람을 시인이라 부르는 건 일종의 오독이자 모독이다. 시인은 시를 쓰는 사람이다. h는 화제가 겉돌거나 많이 비껴간다고 속으로 느낀다. h 앞에 앉은 두 사람의 생각도 다르지 않을 것이다. 오랜

만에 만난 자리인데 화제는 앞으로 나아가거나 상승하는 게 아니라 돌림노래처럼 빙빙 돌기만 한다. 용무가 없는 만남은 늘 이렇다. 그게 꼭 나쁜 건 아니다. '자, 편하게 얘기해봅시다'와 같은 방담 속에서 본의 아니게 생각의 뼈는 드러나기 쉽다. h는 어떤 만남도 어떤 대화도 어떤 세미나도 이런 범주에 갇힌다고 생각하면서 초점이 덜 맞은 거리를 내다봤다.

겨울 낮 오후 2시에서 3시 사이 합정역 부근은 생각만큼 오가는 걸음이 많지 않다. 오늘만 그런지도 모른다. 사람들이 오늘 오후 2시에서 3시 사이에 서교동을 지나가지 않기로 했는지도 모른다. 서교동을 지나가면 운수가 불길할 수 있다는 운세풀이가 있었는지도 모르겠다. 아무런 소통이나 합의 없이 세 사람은 카페 밖으로 나왔다. 아직 오후의 시간인데 저녁 무렵의 분위기가 골목에 스며 있다. h는 문득 고개를 들어 자신과 아무런 상관이 없는 높은 빌딩을 개관했다. 희미한 고독을 느낀다. 우리는 지하철 입구에서 헤어진다. 우리는 남자 시인, 전직 시인, 늙은 시인으로 분해되어 각자의 입구를 향해 떠난다. 내선순환선을 기다리면서 h는 생각한다. 지금 나는 어디쯤 있는 것이냐. 합정역, 지옥 후문, 마포종점. 내 곁에 왔던 누군가 떠난 자리, 망원동, 불암산 밑, 종로 3가 서울아트시네마 매표소 앞. 전철이 들어온다. 시계방향으로 서울 시내를 빙빙 돈다는 내선순환선이다.

녹차의 중력

● ●

「녹차의 중력」(디지털-영문 자막), D열 17번, 2019년 12월 17일 1회 19:30. 서울아트시네마. 장내음식물 반입은 금지합니다. h는 에스컬레이터를 타고 3층으로 올라간다. 상영관 입구는 10분 전에만 입장할 수 있다는 안내문이 붙어 있다. 할 수 없이 h는 1층 라운지로 내려와 기다리기로 한다. 극장 내부는 극장이 아니라 도서관 같은 정밀이 떠돈다. 조용하다. 너무 조용하다. 독립영화를 소개하는 소책자를 집어든다. 제목은 '12월의 삼각관계'다. 그는 별 의미 없이 눈에 들어오는 상영작품 정보를 읽는다. 「진동」(2016) 조바른 | 13분 36초 | 드라마 | 밧자갈 발간. 영국에서 살고 있는 중국인 이민자 왕 노인(72세)은 아내의 죽음 이후로 외로움과 적적함에 괴로워한다. 그녀의 유품을 정리하던 중, 그는 그녀의 방에서 생각지도 못한 것을 발견하게 되고, 그가 믿어왔던 모든 것들이 무너지기 시작한다. 여기까지 읽는

다. 왕 노인이 발견한 '생각지도 못한 일'은 무엇일까. 궁금해하면서 h는 상영시간이 다가왔으므로 다시 3층으로 가는 에스컬레이터에 몸을 올려놓는다.

h가 제일 먼저 도착한 관객이다. 300석은 되어 보이는 객석이 다 비어 있다. 텅 비어 있다는 말은 늘 울림이 크다. h에게 이런 장면은 처음 있는 일이 아니다. 영화를 만든 감독과 제작자들이 갑자기 안쓰럽다. 텅 빈 객석은 팔리지 않는 시집에 대한 시각적 환기다. 관람객도 평균 10명 안팎이다. 상영시간이 임박했지만 사람은 여전히 h 혼자다. 역시 혼자구나 하는 순간에 20대 후반 여자 한 명이 들어오고 그 뒤로 역시 20대 남녀가 들어오고 혹은 영화학도로 짐작되는 30대 남자 두 명이 h의 자리 앞에 와 착석한다.

「녹차의 중력」은 정시에 시작한다. 일곱시 삼십 분, 상영시간 131분이다. 영화는 임권택 감독에 대한 다큐멘터리다. h가 다큐에 관심을 가지는 것은 그것이 표방하는 논픽션적인 요소들 때문이다. 요컨대 이것은 다큐이고 사실에 기반한 것이고 가공되지 않은 있는 그대로의 사실이라는 기만적 개념이 그에게는 늘 관심사가 된다. 사실은 무엇일까. 사실은 존재하지만 재현되거나 복원될 수 있는가. 비슷하게 보일 수는 있지만 원본 그대로는 반복될 수 없는 것이 아닌가. 영화나 소설의 줄거리를 말하거나 요약하는 일처럼 허망한 일은 없다. 그것은 어떤 사실에 대한 비사실적인 개입이다. 그래서 그는 영화를 보면서 판단하거나 비평하는 것이 아니라 그냥 보는 수동성을 선택한다. 꾸미지 않은 연기, 카메라를 의식하지 않은 움직임 그런 것도 연기일 뿐이다.

정성일이 다른 영화에서도 그랬듯이 그는 롱 테이크 기법을 주로 사용한다. 카메라를 고정시켜놓고 감독이 화장실에 갔다 와도 될 정도로 카메라는 움직임이지 않는다. 관객을 지루하게 만드는 일상적 움직임들이 그러나 엄청 놀라운 리얼리티를 생산한다. 삶의 순간을 통째로 도려내려는 듯 하다. 1934년생 (네이버나 다음에서는 1936년생으로 뜨지만 이런 것은 중요하지 않다.) 주인공 임권택이 부산에 있는 한 대학에 출강하기 위해 ktx에 몸을 싣고 눈을 감고 있는 혹은 졸고 있는 그 긴 장면의 지속은 이 영화의 압권이다. 감독은 이 장면을 만들기 위해 영화를 찍었다고 해도 과언이 아니다. h도 눈을 감아본다. 눈 감고 흘러가는 그 장면 위에 떠오른 오상순의 시 「꿈」이 자막으로 기차와 함께 흘러간다. 자막을 그대로 옮긴다.

꿈이로다 꿈이로다 모두가 다 꿈이로다
너도 나도 꿈 속이오 이것 저것이 꿈이로다
꿈 깨이니 또 꿈이오 깬인 꿈도 꿈이로다
꿈에 나서 꿈에 살고 꿈에 죽어가는 인생
부질없다 깨려는 꿈 꿈은 꾸어서 무엇하리

오상순의 시 원문과는 조금씩 다르다. 영화를 요약하는 일처럼 소득 없는 일은 없다고 했지만 h는 이 소득 없는 작업을 조금 해보기로 한다. 영화는 임권택이 서재에 앉아서 녹차를 끓이는 장면으로부터 시작한다. 의미 없어 보이는 그 지루한 장면이 아주 오래 지속된다. h는 이 장면이 의미 없고 지루하다고 생각한다. 그러나 h는 이 장면을 즐기기 위해 이 영화를 선택했다고 즐거운 표정으로 스스로에게 주입한다. 임권택은 녹차를 우리면서 말이 없다. 다음 장면은 젊은 배우가 임권택이 앉아서 녹차를 따르던 자리에 앉아서 청년 임권택을 대역한다. 이데올로기에 의해 헝클어진 임권택의 혼란스러웠던 가계가 대역청년의 입을 통해 소개된다. 대학에서 강의하는 장면의 그 지루함. 아마도 60분짜리 학부 강의 전부가 촬영된 듯 하다. 임권택의 눌변과 어눌한 발음들은 메시지를 넘어서는 배우의 그것이다. 성당에서 세례받는 장면, 병원 검진 장면, 다음 영화 「화장」을 준비하는 장면, 아내가 회고하는 임권택 등의 장면이 하나같이 지루하게 흘러갔다. 꿈 속에 꿈이 있듯이 영화 속에 영화가 흘러간다. 임권택이 잠깐 출연한 「주리」의 촬영 현장이 영화에 길게 삽입된다.

h가 크게 공감하고 실감하는 것은 「주리」에서 본 출연진과 감독을 비롯한 스태프들의 비영화적인 작업 장면이 영화적으로 다가왔기 때문이다. 꿈 깨이니 또 꿈이오 깨인 꿈도 꿈이로다. 영화 속도 영화요 영화가 끝난 바깥도 영화다. h는 생각한다.

마지막 장면에 흘러나오는 소녀의 '희망가'가 화면을 적신다. 이 풍진 세상을 만났으니 너의 희망이 무엇이냐. 영화는 한없이 지루하지만 131분이 또한 언제 지나갔는지 모르게 지나갔다. 삶은 영화를 닮고, 영화는 삶을 흉내낸다. h는 천천히 자리에서 일어나 아까 타고 왔던 에스컬레이터를 타고 1층으로 내려온다. 1층 로비는 문 닫은 가게처럼 조용하고 썰렁하다. 스크린 바깥도 스크린 위와 그리 다르지 않다. h는 금방 스크린 안에서 나온 자신의 신분을 감추며 극장을 나선다. 종로 3가의 거리는 여전히 상영 중이다. h는 느린 걸음으로 종로 3가 전철역 계단으로 들어간다. 감독이 컷 명령을 내릴 때까지 h는 움직인다.

이 순간이 시다

● ● ○

h는 아침 일찍 눈을 떴다. 봄날 같은 겨울 아침이다. 바깥의 공기 냄새는 봄 그것이다. 겨울 끝을 타고 들어오는 느낌에 봄기운이 묻어 있다. 몸이 먼저 봄을 부른다. 지금은 12월이다. 송년회 회식 일정들이 다 끝나지도 않은 시점이다. 거리에서 캐롤이 사라져서 크리스마스를 흥건하게 느끼지는 못하지만 이론상으로는 분명한 겨울이다. h는 탁상용 달력을 쳐다본다. 살아버린 날들과 아직 살지 않은 날들이 빼곡하다. 어제는 국내소설을 읽다가 그만두었다. 재미없었다. 무슨 상을 탄 소설이라고 하는데 그래서가 아니라 그냥 재미없었다. h가 체득한 재미없음은 소설이 너무 분석적이고 진지하다는 것이다. 문학에서 항용 진지하고 골똘스러움은 의심스럽다. 무언가를 위조하고 있다는 느낌 때문이다. 마치 소설 너머에 무언가를 감추고 있다는 듯한 소설가의 태도는 하수스럽다. 그런 일은 서툰 작위성이다.

h가 아침에 머릿속에서 컴퓨터 화면 위에 꺼내놓은 시는 시와 비시의 경계 속에 있는 문장들이다. 그는 아침에 눈을 떴다. 이런 문장은 매우 사실적인 내용에 지나지 않지만 사실만 가리키는 것도 아니다. h는 이 단순하고 고요한 문장의 리듬 속에서 많은 시와 많은 소설을 발견한다. 많은 사건과 많은 함축을 떠올린다. h 자신도 명확하게 포획할 수 없는 순간들이 그 문장 속에서 오랜 침전을 인내하고 있다. h는 아침에 눈을 떴다. 이 순간이 h에게는 시다. 비유가 힘을 잃는 순간이다. 은유나 상징이라는 기법들은 그가 탐하는 것이 아니다. 오히려 h는 이것에 반대한다. 신선한 비유라는 말 자체가 신선하지 않다.

h가 쓴 시의 첫 줄은 오늘 h가 일용할 양식이다. h는 그 언어 그 문장과 더불어 살 것이고, 그 문장 속으로 걸어들어갈 것이다. 언어 속으로 뚜벅뚜벅 걸어들어갈 것이다. 누군가와 만나고 누군가와 커피를 마시고 누군가와 헤어질 것이다. 언어 속에서 언어의 무늬 속에서만 그러하게 될 일이다. 언젠가 딴생각을 하다가 환승역을 지나 서너 역 더 가서 돌아온 적이 생각난다. 내려야 할 역을 놓치고 더 가버린 그 역이 새로웠다. 정확하게 출발하고 환승하고 도착하는 것이 아니라 그렇게 길을 잃어버릴 때 다른 것이 보인다. h가 생각하는 시도 그런 도중에 있기를 바란다.

우리를 제외한 모든 것이 사라졌을 때, 우리는 그 상실 속에서 풍요로울 수 있다. 리베카 솔닛의 『길잃기 안내서』에서 읽은 문장이다. 사물을 잃는 것은 낯익은 것들이 차츰 사라지는 일이지만, 길을 잃는 것은 낯선 것들이 새로 나타나는 일이다. 역시 솔닛의 책이다. 모든 상실감은 대용품을 보상해주는구나. 우는 아이에게 사탕을 쥐어주듯이.

언어의 껍질

목요일 오후에 강릉에 도착한다. 12시 반쯤. 어제 그제의 일이다. 아무도 만나지 않았다. 홍상수의 「북촌방향」에 나오는 지방대학 영화과 교수 같은 대사다. h의 경우는 서울에서 강릉으로 이동한 것이니까 '북촌방향'과는 반대이고 반대이기에 모든 시추에이션이 다르다. 많이 다르고 그래서 많은 부분은 틀려진다. 이 순간 h가 h를 향해 눈웃음을 짓는다. h가 지금 강릉에 있다는 거, h가 지금 h의 옛집으로 들어가기 위해 좌회전을 하고 있다는 거, 잠시 후 우회전해서 집 앞에 주차하고 있다는 사실은 아무도 모른다. 아무도 알 수 없는 일이다. 더러는 삶의 이런 후미진 무기록성이 안타깝기도 하다.

h가 쓴 시에도 투영되지 못하고 사라지는 개인의 역사는 어떻게 할 것인가. 이런 잡음들이 잠시 소란스럽게 몸 속을 돌아다닌다. 주차하고 집으로 들어선다. 대문은 항상 활짝 열려 있다.

2층은 세를 주었지만 세입자와 거의 마주치지 않는다. 대문을 들어설 때마다 수없이 드나들던 h가 보인다. 지금은 비어 있는 집. 일주일마다 h를 기다리는 빈 방들. 거실에 들어서면 오랜 시간의 퇴적이 한꺼번에 달려든다. 그러나 그런 생활의 세부는 생략한다. h는 아무도 없는 거실 소파에 앉아서 거실 통유리창을 통해 들어오는 햇빛을 만져본다. 방금 전에 누군가 있었던 것 같은 흔적이 실감된다. 그런 착각은 h에게 더없는 현실감을 안겨준다. 벽시계는 오후 두 시에 멈춰 있다. 건전지 수명이 다했다는 뜻이다. 저번 주에 발견했지만 그냥 둔다. 이 또한 h가 탐하는 리얼리즘이다. 거실에서 일어나 복도를 두고 양쪽으로 배치된 방을 지나면 끝에 주방이 나타난다.

아버지는 거실과 주방 사이 복도를 지팡이를 짚고 오고갔다. 식사를 하거나 화장실에 가기 위해서다. 집안을 대강 개관하고 다시 거실 소파로 돌아온다. 벽에는 가족사진들이 전시되어 있다. 눈의 띄는 사진 하나. 이 지방 고속도로 개통식에서 시장, 국회의원 등의 지방 권력들 사이에서 아버지가 잿빛 두루마기에 갓을 쓰고 테이프를 끊는 사진이 눈에 들어왔다. 아버지는 향교 유도회 회장의 자격이었다. 지금은 향교가 아니라 요양원에 계신다.

이 모든 것으로부터 h는 신속하게 눈길을 철수하고 일어난다. 현관을 나서며 집을 한번 돌아본다. 한 채의 추억처럼 서 있는 2층집. 추억을 재배치하고 있는 기념관이다. 바로 옆집은 2층으로 지어진 레스토랑이다. 시동을 걸고 곧장 우회전하여 바다로 나선다. 집에 들렀다가 다시 집을 나서는데 30분 걸렸는데 사실은 30년이 걸렸다. 오늘은 목요일 오후다. 얼굴을 스치는 이 바람, 이 공기, 이 느낌, 이 생각이 모두 살아생전의 시다. 몸 속에 시가 흥건하지만 아무도 모른다는 것. 이 순간을 글로 쓰고 나면 시는 사라진다. 문장에 담긴 것은 시와 함께 흘러가고 남은 찌꺼기다. h의 문장에서 증발한 것만이 오로지 h의 시다. h가 시라고 썼던 시들은 언어의 껍질일 뿐이다. h가 하고 싶은 말들은 다 사라지고 없다. 그게 h의 시다.

나는 지금 소설을 쓰고 있다

● ●

h는 지금 소설을 쓰고 있다. 혹자는 말하겠다. 이건 소설이 아니다. 이런 게 소설이라면 소설을 쓰지 못할 사람이 없다. 소설가라는 직업도 필요 없어진다고 말할지도 모른다. 크게 반대할 생각은 없지만 크게 동의할 생각이 있는 것도 아니다. 우리는 이미 너무 위대하거나 너무 근사한 인류의 소설가들을 충분히 알고 있다. 더 이상 소설이 쓰여지지 않아도 될 지경이다. 국내 사정도 크게 다르지 않다. 이런 사정에 비추어 볼 때 지금 h가 끄적대고 있는 문장들이 소설이라는 장르로 구획지어질 가능성은 희박하다. 독자들은 관대하지 않다. 석사 학위 이상의 소지자들은 더 그럴 것이다. 그들은 이미 소설에 대한 이론적 선입견을 공고하게 지니고 있는 축들이다. 자신들의 이론적 한계를 벗어났거나 거기에 미달하는 글들을 소설로 수용할 의사가 있을 리 없다.

h는 그런 전문가들을 설득하려는 게 아니다. h는 h 자신을 설득하고 있을 뿐이다. 요 며칠 사이에 h는 두 권의 소설을 읽었다. 하나는 노벨문학상 수상작이고 다른 하나는 금방 출시된 국내소설이다. 두 권의 서지는 밝히지 않겠다. 그렇지만 그 소설들에서 h는 큰 공감을 얻는다. 물론 h가 쓰는 글과 그 두 편의 소설은 아무런 유사성이 없다. 남성작가가 발표한 소설은 단숨에 읽게 만드는 힘이 있었다. 모든 글은 누구에게나 균일한 느낌을 전달하지는 않는다. 당연하다. h가 지금 쓰고 있는 글을 소설이라고 단언할 문학적 근거는 없다. 소설은 이야기다. 이야기는 강물이 흘러가는 것처럼 연속적인 흐름을 가진다. h가 쓰고 있는 이 글이야말로 흘러가는 글이다. 쉼없이, 막을 수 없는 자기 힘에 의해서 흘러간다. 자족적이다. h는 이 글에 대해 에세이라든가 다른 이름을 붙이는 것에 동의하지 않는다. 일기, 회고록, 자전 등도 아니다. 그런 요인에 약간씩 기댈 수는 있어도 그것이 이 글의 장르명을 대체할 수는 없다. 그것은 왜곡이자 잘못된 호명이다. 굳이 동의할 수 있는 판단이 있다면 '실패한 소설' 정도이고 싶다. 그것이 이 소설에 부여되는 최고의 찬사다.

h는 소설을 많이 읽지는 못했다. 그저 귀동냥 눈동냥으로 오다가다 몇 줄씩 읽어 왔을 뿐이다. 단숨에 읽은 소설이 있는가 하면 읽다가 덮은 소설도 있다. 사기만 하고 한 줄도 읽지 않은 소설도 여럿 있다. h의 문학적 허영심과 그 소설의 인연이 맞지 않기 때문이었을 것이다. 만날수록 어긋나는 사람과 비슷하다.

그러니까 모든 명작이 누구에게나 명작인 것은 아니라는 뜻이다. 너무 일찍 읽었거나 너무 늦게 읽어서 독서의 타이밍을 놓친 경우들도 있다. h는 지금 소설을 쓰고 있다. 어떤 사실적 내용도 h의 글 속에 들어오면 소설로 편입될 것이다. 밭이 집을 지을 수 있는 땅으로 형질이 바뀌는 이치와 비슷하다. h의 소설에서 h의 현실을 대조하려는 생각은 그리 현명한 독서가 아니다. 그것은 너무 단순한 독서법이다. 심지어 위험하기까지 하다. 시에서 나라는 인칭 주어를 시인 자신으로 등치시키는 것과 같다. 시의 문장에 쓰여진 나는 시인 자신이 아니라 시인의 대역이자 가주어다. 시 속의 내가 나라고 시인 자신이 일관되게 주장한다고 해도 시 속의 나는 이미 시를 창작한 당사자 시인으로 환원될 수 없는 운명이다. 그것은 시의 비극이다. 더 큰 비극은 시인 자신이 시 속에 투영된 자기를 자기로 믿는다는 것이다. h가 쓰고 있는 이 소설을 나의 실화로 이해하는 일은 읽는 이의 이해법에 속하지만, 또 그것을 작자가 나서서 일일이 말릴 수도 없는 노릇이긴 하지만 대체로 딱한 독서관행이라고 본다. 중언부언했지만 지금 h는 소설을 쓰고 있다는 말이다.

시 없는 밤

● ●

h는 어제 모처럼 시 없는 밤을 보낸다. 그것은 그의 뜻이 아니다. 시의 뜻일지도 모른다. 대신 h는 고요한 시간을 누린다. 시간이 숨죽이고 지나가는 발자국 소리를 혼자 듣는다. 세상의 소음을 밀어내고 오롯이 앉아 있는 시간을 누린다. 밤 열 시. 어딘가에 전화를 해야 한다거나 기다리는 전화가 없는 이 시간의 헐거움을 그는 '누린다'는 말로 설명한다. 각자의 시간을 산다. 살아간다. 그 시간이 각자의 시대다.

문득 떠오르는 토막 생각에 h는 웃는다. 시 쓰는 방법을 가르쳐달라고 하소연하던 중년 남자가 생각났던 것이다. 어느 해 시창작 교실에서 벌어졌던 일이다. h는 무슨 말을 했던가. 사랑을 고백하는 순간처럼 h는 그에게 없는 것을, 그것을 원하지 않는 사람에게 건네주듯이 말했을 것이다. 시쓰는 방법에 대해 말하고 있는 자 그대에게 저주 있을지어다. 시를 설명하고 있는 자도 이 영역에 포함된다. 해설이 있는 음악회가 그렇듯이 해설을 달고 있는 모든 시는 서글프다. 모처럼 h는 시 없는 밤이 충만하다. 숙제가 없는 밤같다. 의무도 권한도 없고, 기다림도 기다려짐도 없고, 쓸쓸함도 외로움도 없다. 그런 밤의 공간에는 언어도, 음악도, 이데올로기도 소용없다. h는 그 순간을 시라고 규정하고 잠든다.

실패작을 발표하다

이른바 지나간 겨울호에 h는 두 편의 에세이를 발표한다. 한 편은 지방문단에 관한 가벼운 스케치였고, 다른 한 편은 최근 한국시에 대한 단상이다. 열심히 썼지만 그것은 그저 h의 생각일 뿐이다. 전국의 모든 독자들이 일독했을 것이라 짐작하지만 그것은 필자의 가련한 환상에 지나지 않는다. 잡지가 시중에 깔린 뒤에 h는 어떤 피드백도 접하지 못한다. 시중에 깔렸다고 쓴 표현 자체가 구식이다. 20세기적인 출판의 유통방식이다. 잡지사마다 다르겠지만 나름대로 소량의 부수를 찍어서 정기구독자에게 배달하는 것으로 유통은 마감되는 듯 하다. 잡지가 더러 재판을 찍었다는 소문을 들은 적도 있지만 어쨌든 그렇다.

h가 다 안다고 할 수는 없겠지만 그렇다고 모른다고 할 수도 없는 지역의 문단사 비스름한 것을 정리해본다. 누군가 시를 쓰고 시집을 묶고, 출판기념회를 하고, 시낭송과 시화전을 하는

등의 일들이 계속 일어나는 도시지만 막상 그것을 문학이라는 막연한 틀 속으로 불러들이려고 했을 때는 적지 않는 저항감에 시달려야 한다. 이러한 사정은 전국의 어느 도시나 크게 다르지 않을 것이라 본다. 대부분 문학이라는 고정관념에 기대고 있다. 상습적인 시와 상투적인 소설과 고루한 태도들이 한 도시의 문단을 형성한다. 문학의 본질을 위해서는 쓸쓸한 일이지만 다들 그렇게 지나간다.

h의 생각과 h의 결론은 동네마다 다른 문학이 움직이고 있다는 점이다. 지방의 역사와 특성을 감안하는 말이 아니다. 문학에 대한 최소한의 규율도 검열도 존재하지 않는다. 어느 동네라고 할 것 없이 대동소이한 퍼포먼스가 벌어진다. 그러니 지방을 앞세운 문학은 공소하다는 결론에 이른다. h가 그 긴 에세이를 쓰고 난 뒤 상당한 우울증에 시달렸다는 점을 이 자리에 써 둔다. 물론 그 도시 문인들을 의식해서 쓸데없는 추임새를 섞기는 했지만 h가 쓴 에세이마저 취소하고 싶다.

지금 h는 무얼 하고 있는가. 소설을 쓰고 있다. 이 소설은 지금 어느 대목을 지나가고 있는가. 소설은 여전히 h의 삶의 어느 샛길을 접어들고 있다. 다른 계간지에 발표한 에세이도 다르지 않다. 최근 한국시를 읽으면서 든 생각들을 기탄없이 써 본 글이다. 이 에세이를 쓰면서 h는 자유로웠고 나름 즐겁기도 했다. h의 자유는 h가 한국문단에 제대로 편입되어 있지 않다는 변방의식 덕분이다. h식대로 말해도 전혀 누구의 눈치를 볼 필요가 없다. 그야말로 마음 가는 대로 썼고, 이렇게 써도 될까 하는 지점까지 수위를 높여 쓴 에세이다. 그러나 독자들은 침묵한다. 어쩌면 아무도 읽지 않았다는 뜻도 되고, 읽고도 입 싹 씻는지도 모른다. 사실 h의 놀라움은 누가 읽었느냐 읽지 않았느냐에 있지 않다. h가 솔직히 고백하고 싶은 것은 그가 한국시와 너무 멀어졌다는 점이다. 어쩔 것인가. h는 심히 당황한다. h가 죽었는데 새삼 누군가 h의 죽음을 다시 확인시켜 줄 때의 놀라움이라니.

h의 소설은 이렇게 전개된다. h와 한국문학을 가로지르는 넓고 넓은 강물에 빠져 h는 익사 중이다. 아니 이미 익사한 것이다. 지금 h는 한 구의 사체일 뿐이다. h가 쓴 시 전부가 무효가 된 듯한 소회를 지울 수 없다. h의 시가 h의 열정이 아무것도 아니었음이 들통났다. 다들 한 탕씩 해잡솼고 발라버린 운동장에 h는 우두커니 서 있다. 열심히 운동장에 들어섰지만 레이스는 이미 끝났고 대회 본부는 h에게 미등록 선수라는 판정을 내린다.

h가 계간지에 쓴 두 편의 에세이는 시를 쓰는 h에게 영수증 없는 가혹한 대가를 돌려준다. 그것은 오해다. 지방문학에 대한 h의 오해는 거의 질병수준이고, 무엇보다 h가 살아있다는 착각은 서글픈 팩트로 환원된다. 지방문학이라는 게 있는 것이 아니라 지방문학이라는 환상이 버티고 있다. 시라는 통념, 개론적 정의, 이론적 틀이 다 부서져나간 마당에 엎드려서 컴퓨터 자판

을 두드리는 일은 값없는 노동이 되고 있다. 다들 모른 척 하고 있다. 그렇지만 어쩔 수 없이 하는 데까지 해보는 거다. 여기까지 쓰면서 이 글의 주인공 역을 맡은 h는 결론적으로 쓴다.

'나는 7년 동안 소설을 쓰지 않았는데, 이제는 조만간 또 하나의 소설을 쓰고 싶다. 그것은 실패작이 될 게 뻔하고, 사실 모든 책은 실패작이다.' 조지 오웰의 말이다. 이 말을 인용하면서 위로받자. 모든 소설과 모든 시는 실패작이다. 그게 맞다. 성공은 누군가의 관념에 의해 용납되었다는 의미 이상이 아니다. 좀 멋지게 정리하자. 좋은 문학은 반드시 실패와 직면하게 된다.

나는 좀비가 아닐까

●　●

오늘 아침 h는 생각한다. 나는 좀비가 아닐까. 그 생각이 갑자기 문득 온 것은 아니다. 늘 그런 비슷한 생각이 h 속에 잠겨 있다. 몸 속에 숨어 있던 바이러스 같은 생각이다. h가 생각하는 좀비는 웹소설에 나올 법한 좀비가 아니다. 나라는 존재 자체가 좀비로 설정된 게 아닌가 하는 의구심이다. 전철역 입구에서 전단지를 돌리는 노인도 좀비로 보이고, 예수를 믿으라는 피켓을 들고 서있는 종교인도 좀비로 보인다. h는 그런 좀비다. 밥을 먹고, 화장실을 가고, 책을 읽고, 시를 쓰고 멍하게 앉아 있기도 하는 유령인이다. 그중에서 h가 좀 애를 쓰는 척 하는 것은 시쓰기다.

왜 그럴까? 시에서 특별히 할말도 남아 있지 않다. 그렇다고 새로운 미적 영역이 발명된 것도 아니다. 그러면서 그냥 쓴다. 직업으로서 다른 영역들은 대개 끝판이 있다. 욕심에는 끝이 없기에 그렇게 단순히 말할 것은 물론 아니다. 그렇더라도 어떤 직업군에서 물러나면 대개는 그 직업의 정점을 찍었다고 봐야 한다. 축구선수가 은퇴하면 코치를 할 수는 있지만 그라운드와는 작별이다. 시는 그렇지 않다. 이것은 죽을 때까지 끝이 안 나는 작업이다. 심판이나 법령이 있어 이제 당신은 그만 쓰시오 이렇게 말해주지 않는다. 손가락에 힘이 남아 있을 때까지는 계속 자판을 두드리게 되어 있다. 다소 어색하지만 그게 시인의 운명이다. 개중에는 시집 열 권만 내면 더 쓰지 않겠다는 물량주의자도 있고, 문학상을 수상하면 시를 접겠다는 목표를 가지고 시에 매진하는 시인도 없지 않다. 뭐가 되었든 탓할 일은 아니겠다.

때로 그렇게 목표가 선명한 시인들에게서 평론가들이 좋은 시라고 추천하는 시가 나오기도 한다. 평론가들의 추천이라는 단서만 제거한다면 그것은 좋은 시가 아닐 경우가 많다. 평론가들이 시를 잘못 보았다는 말은 아니다. 평론가는 시쓰기에 깃들어있는 공정을 이해하려는 부류가 아니라 쓰여진 시를 이론적으로 설명하려는 보직이다. 그들이 시를 잘 안다는 것은 드문 예외에 속한다. 여기서 드물다는 뜻은 거의 없다는 뜻이나 마찬가지다. 시인과 평론가 겸직도 있다. 그렇다고 상황이 개선되는 것은 아니다. 시인이라면 이미 시를 볼 수 있는 안목을 지닌다. 자동적으로 평론가인 셈이다. 유독 평론가라는 직함을 병기할 필요가 있을지 의문이 간다. 말이 그렇다는 말이다.

말줄기는 빗나가서 길을 놓쳤지만 시를 쓴다는 행위는 그 끝이 보이지 않는다는 말을 하려는 것이다. 주변에도 있지만 절필에 성공한 시인들을 보면 놀랍고 부러울 뿐이다. 담배를 끊으면 금단현상이 오듯이 글쓰기를 멈추어도 글을 쓰던 관성은 작용하리라 본다. h는 아직 절필을 생각해보거나 시도하지 않았다. 시를 쓰기 위해 자판을 두드릴 때마다 손가락 끝에서 짜릿짜릿 솟는 에너지는 신체 곳곳에 참을 수 없는 주이상스를 제공한다. 그 힘 때문에 시를 쓰고 다시 그 힘을 모으기 위해 자판을 두드리는지도 모른다. 작문된 거짓말이다.

손님이 짜다면 짜다

● ● ●

h는 오랜만에 친구 a를 만난다. a는 소설가다. a가 전화를 했고, 마침 h가 a가 있는 근처에 있게 되어서 만나게 된다. 2층으로 지어진 커피집이다. h가 있는 커피집으로 a는 한 시간 정도 뒤에 도착한다. 우리는 커피를 마신다. a는 탄자니아를 h는 이디오피아를 주문하고 이것저것 대화를 주고받는다. a는 청바지를 입고 상의는 패딩을 걸쳤다. 심플한 복장이다. 오랫동안 매인 데 없이 살아온 여유가 몸에 잘 배어 있다. a는 경장편을 준비 중이라고 호탕하게 말한다. 들으면서 h는 장편 앞에 붙은 '경'에 신경이 간다. 가벼운 장편이라기보다 짧은 장편이라는 뜻일 게다.

짧은 장편이라는 의미는 모순이다. 인생사 모순 아닌 게 없고, 예술이 모순을 직시하지 않는다면 그건 예술이 아니다. 그렇게 생각하니 경장편도 이해되고 수긍된다. 마치 장시가 장르로서 자리하고 있듯이. a와 내가 몸으로 만난 건 아주 오랜만이다.

수년 전에 a의 장편을 읽은 적이 있다. 지금은 스토리 라인을 거의 잊어버렸다. a의 소설은 잘 쓴 것도 아니지만 그렇다고 굳이 못 썼다고 말할 수 있는 종류도 아니라는 게 h의 독후 인상이다. 소설작법에 충실한 듯한 소설이다. 다만 그 작법이 좀 낡았다는 정도? 커피를 마시듯이 가벼운 대화가 오고간다. 주로 최근에 읽은 지방문학에 관한 것들이다. 대개는 a도 알고 h도 아는 문인들이다. a가 말한다. "u의 소설 읽어 봤는가?" h가 말한다. "아니." a가 말한다. "그건 소설이 아니야." 내가 말한다. "소설이 아닌 소설도 있는가?" a가 약간 언성을 높이면서 말한다. "무슨 말을 하려는지 도저히 모르겠어." h가 말한다. "그럴수록 좋은 소설일 수도 있지 않겠어." a가 말한다. "내 말은 그 무슨 심오함을 말하는 게 아니라니까." 대화는 이 정도에서 끊어진다.

a의 커피잔이 비었다. a는 리필을 요구한다. h는 a가 씹었던 소설가의 소설을 생각했다. 읽어보지 않았으니 a의 의견에 동의하지는 않지만 a의 개괄적 비평은 감이 온다. 각자 자기가 생각하는 문학을 한다. 이것이 소설이다. 이것이 시다. 심지어 이것이 비평이라고 우기면서 글을 쓴다. 소설은 저울에 달아서 팔 수 있는 물건도 아니다. 삶에 정답이 없고, 성공적인 삶을 규정하는 게 무망하듯이 문학은 각자의 환상에 의지한다. h는 이제 어떤 시가 좋다든가, 잘 썼다든가 하는 말에 동의하지 않는다. 공감하지 않는다. 누구의 삶이 성공적이라는 말을 믿지 않는 논리와 같다. 삶에 어떻게 성공이 있을까. 다만 그런 삶도 있고

저런 삶도 있을 뿐이다. a가 잠깐의 침묵을 깨면서 묻는다. "시 좀 쓰나?" h는 애매하게 대답한다. "쓴다고 할 수 있지." 이런 질문에 이런 대답은 맥이 없다.

시를 쓰는 사람이 책상 앞에서 시를 쓰고 있는 순간은 드라마다. 그 순간과 공간을 벗어나면 '시를 쓴다'는 문장은 텔레비전 아침드라마처럼 윤기가 사라진다. 다시 그가 말한다. "나는 자네의 초기 시가 좋다. 요즘 쓰는 시는 좀 풀어진 것 같아." h는 말한다. "그런가?" 이런 대화는 길게 이어갈 수 없다. 건성으로 말하고 건성으로 듣는다. 그게 맞다. 각자의 환상은 포개질 수 없다. 조금씩 어긋나고 끝내는 돌이킬 수 없이 빗나간다. 그래서는 아니지만 h는 자기의 시를 변호하지 않는다. 변호할 여지가 없어서는 아니다. 손님이 짜다면 짜다는 속설을 따를 뿐이다. 무엇보다 시는 누구를 설득하는 글쓰기가 아니다. 설득하려는 시들이 시장에 나서서 독자를 손짓한다. h는 그런 대중적 설득력을 지지하지 않는다. 그런 류의 설득은 대중가요가 충분히 대중들을 대신하고 있고 더러는 그들이 시를 압도하기도 한다. 그럼에도 불구하고 소설가인 a와 시를 쓰는 h가 짧은 대화를 통해 몇 가지 의견을 같이한 것은 있다. 문학의 영역에 들어오지 말았어야 할 사람들이 너무 많이 문학으로 몰려왔다는 점이다. a와 h는 그들을 일컬어 '문학의 배다른 형제'들이라 명명하고 카페를 나섰다. 우리는 악수하고 각자의 차로 가서 시동을 걸었다. 봄날 같은 겨울의 평일이다.

아갈마

●　●

　친구 b를 만난 것도 a를 만났던 그 즈음이다. 정확한 날짜는 기억나지 않는다. b는 시인이다. 상습적인 만남이 그렇듯이 b는 동어반복적인 대화를 이어나간다. h 역시 새로울 게 없는지라 한번 했던 얘기를 곱씹어나간다. 새롭다면 근간에 출판한 b의 신작시집에 대한 얘기가 테이블에 오른다. 누가 먼저랄 것도 없이 신간은 저 스스로 화젯거리가 된다. 신간 시집. 설레는 말이다. 그 안에는 무언가 새로운 폭발물이 내장되었을 듯 싶다. 기대는 시집을 열기 전까지만이다. 대개의 시집이 그런 기대와 기대를 삭감하는 진폭 속에 있을 것이다. b는 자기 시집에 관해 이런저런 설명을 한다. 시집에 담기지 않는 자투리들이다. 그 중에 기억나는 말은 시집을 받은 동료시인들의 무반응에 대한 것이다. h도 이 대목에 대해 반응할 게 없다. 그냥 넘어간다.

　푸념처럼 시인 b가 우물거린다. "요즘 누가 시를 읽겠어." b의 푸념에 동의한다. 시가 독자의 시선에서 벗어났다는 말이 옳다. 메뚜기도 한철이듯이 독자의 주목에 값할 수 있는 시도 한때일 뿐이다. 그 한때의 흐름에 참여하지 못한 시도 대부분이다. 팔리지도 읽히지도 주목받지도 못한 채로 분리수거되는 시집이 대부분이다. 그게 시집의 운명이다. 이런 말의 뒷면에는 훌륭한 로고스를 품고 있음에도 독자의 고정된 관념을 설득하지 못하고 외면받는 시가 있다는 것을 전제한다.

b나 h나 지나간 물이다. 자기 시대를 벗어났다. 자기가 속한 시대를 넘어서서 자신의 시적 발언이 지속되는 것이 시인의 소망이다. 이런 바람은 그러나 소박한 꿈이다. 야박한 꿈이다. 시가 시를 쓰고 있는 당사자조차 설득하기 바쁜 형편이다. 이게 h가 바라보는 우리 당대의 특징적 증상이다. b가 술잔을 든다. h도 술잔을 든다. 술잔의 무게가 팔목을 타고 정신의 바닥까지 내려간다. "시는 그냥 쓰는 거지." h가 말한다. "뭐, 그렇지. 그런 거지. 딴 게 있을 수 있겠나. 그냥 쓰는 거야. 그건 그렇고. 그냥 쓴 시를 두고 칭찬을 받는 일은 따분하거나 모멸스럽기도 하거든. 남들 앞에서 자기 시를 줄줄 읽는 일처럼 오글거리는 게 있을까?" b는 비어 있는 자기 잔에 술을 따르면서 거든다. "많이 하지 않았어?" 내가 b의 말 속으로 끼어든다. "침묵하겠다." b가 말한다. 그 순간, h도 b도 입을 다물었다. 둘이 만든 침묵이 술집 공간을 둥둥 떠다닌다. "시는 이런 말없음, 할말없음에 대한 반격이겠지." b가 침묵을 해석하듯이 말한다. "동의." h가 말한다.

h는 b와 그렇게 헤어져 술집을 나와서 걷는다. 비가 내린다. 겨울비다. 돌이켜 생각하니 종일 비가 내린다. b와 h는 빗속을 걷는다. 말이 없다. 속에 있는 것을 다 비웠기 때문이다. h는 그렇게 생각한다. b가 택시를 잡고 떠난다. h는 혼자 전철역 앞 골목을 한 바퀴 산보한다. 생각한다. 이 글이 지금 제대로 가고 있는 거냐. 소설 속으로 제대로 들어가고 있는 건지 스스로 묻는다. 남들이 거의 소설이라고 인정해주지 않을 소설 속으로 혼자 가고 있다. 어쩔 수가 없다. 그냥 가는 거다. 아갈마. 그때 이 말이 지나갔다. 어쩔 수 없이, 불가피하게, 설명할 수 없는 힘으로 이끌려가는 게 있기는 있다. 지금 h가 작성하고 있는 소설이 그렇다.

두 개의 문장

● ● ●

서두를 필요는 없다.

반짝일 필요도 없다.

자기 자신 외에는 아무도 될 필요가 없다(버지니아 울프).

저는 제가 모르는 것을 가르칠 것입니다(성다영).

상관없어 보이는 두 문장을 묶어두고 외출한다.

나 없는 사이에 두 문장이 서로 친해지기를!

난독증

h는 요즈음 시를 쓰지 않았거니와 시를 읽지도 않는다. 두 가지 업무에 대해 h는 설명하고 싶어진다. 먼저 쓴다는 일. 그것은 무엇에 대해서 어떻게 쓰는가가 아니라 자기를 쓴다는 것이 h에게는 우선이다. 지금 h 앞에 나타나서 h라는 대상에게 포획되고 있는 추상성을 h는 기록하려고 한다. 중요한 것은 대상이 아니다. 나라는 주체다. 이 생각은 근본적인 개념이다. 지금 이렇게 쓰고 있는 h가 h라고 믿는 입장과 h라고 믿는 h가 h가 아니라 h의 대역이라는 입장으로 나뉠 수 있다. 후자를 지지하는 입장이라면 h는 h가 아니라 남이다. 남의 눈으로 시를 쓰는 것이다. h는 후자를 믿는다. h는 h를 의심하는 시를 쓴다. 남의 시를 읽는 일은 쓰는 일 못지않게 난감하다. 근래의 h가 특히 그렇다. 어떤 시도 눈에 들어오지 않는다. 인식의 파동을 일으키지 않는다.

시가 좋다 나쁘다의 문제는 아닌 듯 하다. 오히려 그 반대라는 것이 사태의 위중함을 일깨운다. h는 이를 두고 난독증이라 자가진단하고 있다. 시인들의 연령대와 상관없이 시가 읽히지 않는 게 h의 증상이다. 촉망받는 시, 10쇄를 찍은 시, 요절한 시, 등단 몇 주년의 시, 문학상 수상작, 신춘문예 당선시와 같은 시들은 예외 없이 난독의 대상이다. 저간의 사정에 대해서 h는 분명하게 짚어내지 못하겠다. 시의 소실점 같은 걸 떠올려 보자. h가 손에 쥐고 있던 시가 h도 모르는 사이에 다 사라져버린 건 아닐까. 단순하게 말해 내가 늙었다고 하면 된다. h는 시를 읽으면서 어딘가가 건드려지고 싶다. 좋은 시와 나쁜 시가 있다는 관념을 깨고 싶다. 생각처럼 이 문제는 해결점이 보이지 않는다. h가 그만큼 편향되었거나 고집에 묶여 있다는 뜻인지도 모르겠다. 다른 시인들의 사정은 어떤지 궁금하다.

시인이란 다들 자아에 갇힌 자들이다. 쉽게 말해서 자기의 세계에 갇힌 존재들이다. 다들 아는 얘기다. 이 말을 이해한다고 달라지는 건 아니다. 자아에 갇혀 있든 자아에 매달려 있든 그런 건 중요하지 않다. 편의점 주인도 자아가 있고, 걸그룹 멤버도 자아가 있고, 마을버스 기사도 자아가 있고, 심지어 국회의원이나 대통령도 자아가 있다. 파워 블로거도 자아가 있고, 정신과 의사도 자아가 있고, 스님도 자아가 있고, 롱패딩 입은 청년도 자아가 있다. 그러니 자아가 시인의 표나는 징표가 될 수는 없다. 오히려 자아가 거추장스럽다고 느끼는 자들이 시인인지도 모른다. 그런 느낌, 그런 인식, 그런 반동적 사유가 시인의 전유물일지도 모른다. 지나가는 얘기지만 자기도 모르는 말로 자기도 모르는 내용을 자기도 모르는 형식으로 써대는 시인이 좋은 시인일지도 모른다. 모른다는 것. 그것만이 시인의 몫일지도 모른다.

백두 번째 구름

●　●　●

　독립영화관으로 간다. 목적지는 종로 3가다. 4호선 상계역에서 종로 3가역 14번 출구까지 35분 정도 소요된다. 물론 그 사이에 동대문역을 경유하는 과정이다. 종로3가역 14번 출구에서 청계천 쪽으로 몇 걸음 옮기면 독립영화전용관 인디페이스가 나타난다. 정성일이 촬영한 다큐멘터리「백두번 째 구름」이 오늘 내가 볼 영화다. 런닝 타임은 167분이다. 전편「녹차의 중력」은 131분,「천당의 밤과 안개」는 234분이었다. 그러고 보니 h의 러닝타임은 장장 67년이다.「녹차」와「구름」은 두 편 다 임권택 감독을 찍은 다큐다.「구름」은 김훈의 소설「화장」을 영화로 만든 촬영 현장을 찍는 것이다. 김훈의 소설이 있고, 영화용 대본이 있고, 감독이 영상을 찍는 현장이 있고, 그 현장을 정성일이 찍어내는 다큐다. 이 장면들을 h는 본다. 촬영과정에서 임감독은 카메라의 각도를 수정하고, 연기자들의 대사를 수정하고,

연기를 수정하고, 같은 장면도 여러 번의 재촬영을 거쳐 오케이를 놓는다. 가령, 두 사람의 문상객이 장례식장으로 들어가는 장면에서 여러 번의 재촬영을 하고 연기지시를 내리는데 그 내용은 입장하는 문상객 두 사람의 간격이 너무 넓다는 것과 걸음이 출근하는 걸음새처럼 빠르다는 지적이다. 임감독은 특별할 것 없어 보이는 그 장면을 여러 번 반복해서 찍는다.

다큐의 마지막 부분에 임감독이 하는 말을 받아쓴다. '영화감독 오래 해보니 자기가 살아오면서 누적된 삶의 경험을 닮는 것 (영화는) 그 이상도 이하도 아니다.' 다큐는 시종 레디와 액션으로 진행된다. 레디 사인이 나면 아내가 죽은 안성기는 신입 여사원의 미끈한 각선미를 은밀히 응시한다. 감독이 컷 사인을 내린다. 감독이 배우에게 뭔가를 상의하고 지시한다. 다시 레디 사인이 떨어지자 안성기는 감정을 잡는다. 액션. 중년남자는 업무용 전화를 받는 척 하면서 자연스럽게 여사원의 전신을 훑어본다. 잠깐이지만 긴 시간이 흐른다. 컷. 좋습니다. h는 건너편 의자에 앉은 젊은 여자의 다리를 건너다본다. 컷. 누군가 그렇게 신호를 보낸다. h는 얼른 시선을 거두고 스마트폰을 들여다본다.

누군가 매일 레디와 액션 지시를 내려주었으면 좋겠다. 책상에는 책들이 아무렇게나 쌓여 있고, 커피잔과 필기구들, 메모지들이 어떤 질서도 만들지 못한 채로 흩어져 있다. h는 컴퓨터 화면 앞에 앉아 있다. 이때 조명이 들어오고 누군가 레디를 외쳐

준다. h는 조금 긴장한 얼굴로 척추를 곧추 세우면서 컴퓨터 화면을 응시한다. 잠시 후 액션 지시가 떨어진다. h는 천천히 화면에 문장 하나를 입력한다. 두 팔을 책상에 대고 손깍지를 만들어 얼굴에 댄다. 입력한 문장이 마음에 들지 않을 때의 자세다. 이런 화면과 자세가 20분 정도 유지된다. 잠시 후 컷 사인이 내려진다. 좋습니다. 누군가 그렇게 말하는 듯 하다. 누군가 매일 이렇게 액션 지시를 내려주면 좋겠다는 말은 수정한다. 이미 h는 누군가 써놓은 대본 속의 배역 노릇을 하고 있다. 주인공이라는 착각은 언제나 즐겁고 우습다. 영화가 끝나고 3층에서 에스컬레이터를 타고 내려오면서 h가 다큐 속에 있는 것인지 다큐 밖에 있는 건지 구분이 가지 않아서 놀랐다. 컷. 손님, 좀 더 묵직한 표정을 하고 다시 내려와주세요. h는 객석으로 돌아갔다가 다시 상영관을 나서면서 아직 얼굴에 영화가 어른거리는 묵직한 표정을 짓는다. 컷. 좋습니다.

그냥 죽지

● ●

집에 별일 없나?

없어요.

병원 예약은 30일이란다.

진료 가능한 날은 그날밖에 없답니다.

보훈처에서 국가 유공자들에게 주는 돈 10% 올려준단다. 삼
십에 십퍼센트면 얼마냐. 개새끼들. 십만원은 올려줘야지.

네.

황교안이가 머리 깎고 굶는다더니 죽었냐?

살아있어요.

그 사람이 괜찮아 보이더라.

네.

다른 놈들은 다 빨갱이야.

네.

밥 잘 먹고 다녀라. 먹는 게 남는 거다.

검사하고, 또 수술해야 한다면 하실 거예요?

안 해. 그냥 죽지.

노인과 바닷가

h는 꿈을 꾼다. 밤마다 꿈을 꾸지만 눈뜨면 꿈은 사라지고 만다. 희미한 잔상들만 남아 있다. 어떤 서사도 되살아오지 않는다. 무의식의 밑그림만 남아 있다. 어제는 반수면 상태에서 뜬눈으로 꿈을 꾸었다. 그게 꿈인지 생시의 생각인지 경계가 없다. h는 꿈을 복원해보기로 한다. 꿈 속의 주인공은 h같은 시인이다. 노인이다. h는 늘 시를 생각하며 일상을 헤엄쳐나가는 삶을 산다. 매일 쓴다고 생각하지만 h의 마음에 쏙 드는 시는 아직 쓰지 못했다. 시를 쓰고 난 뒤의 만족은 그때의 만족일 뿐이다. 하루 지나면 하루만큼 낡고 허술해 보인다. 시를 쓴 당사자에게 아무런 느낌도 전달하지 못한다. 이건 무슨 뜻이람. 이런 눈으로 볼 때 h를 설득하지 못하는 시들은 이른바 고전으로 대접받는 오래 전 시들이다. 거기에는 오랜 세월의 간격을 넘어서 지금을 사는 독서인들에게도 타격하는 무언가가 있다는 설이다. h는 그런

이론들에 동의하지 않는다. 그것은 어떤 시대에, 어떤 특정인의 글쓰기일 뿐이다. 외국어로 쓰여진 시를 한국어로 옮겨놓은 번역시도 그렇다. 번역시가 한국어의 고유한 말결을 살리지 못했다는 뜻보다 번역자의 번안적 요소가 강하게 작용한 글이기 때문에 원시가 가진 오리지널리티를 요약전달하는 수준을 벗어나기 어렵기 때문이다. 번역을 잘 했다는 평가부터 수상하다. 시를 쓰는 h의 생각이 그렇다는 말이다.

h는 자기 시를 쓰겠다는 일념을 가지고 있다. 자기 시에서 자기라는 말은 개인의 독자성이나 창의성을 가리킨다고 하겠지만 시라는 말은 그 진폭이 너무 넓어서 모호성이 크다. 무엇보다 시라는 제도가 시를 쓰려는 사람들을 제약한다. 이런 것이 시다 아니다라는 말부터 그렇다. 시는 시라는 개념과 시가 아니라는 개념을 동시에 부수고 나가야 한다는 것이 h의 지론이다. 그것은 h의 욕망이지만 h의 욕망이 다다른 한계점이기도 하다. 모두들 시라는 붓다를 모시고 있는데 h는 각자의 붓다를 불살라야 한다고 주장한다. 사리 없는 부처들. 목불을 쪼개어 불쏘시개로 했다는 단하스님의 일화는 시인들에게도 강력하게 참고되어야 한다. 2020년 한국시는 일종의 샤머니즘이다. 붓다가 아니라 붓다의 형상을, 시가 아니라 시라는 개념을 좇고 있다. h는 날마다 시를 생각하고 시를 쓰지만 그 어디에도 도달하지 못하고 헛손질을 하는 꿈을 꾼다. 꿈 속에서도 헛손질이고 꿈 밖에서도 헛손질이다. 이것이 바로 요약된 h의 생애다.

h는 생각한다. 헤밍웨이의 「노인과 바다」는 h에게 '노인과 바닷가'로 설정되는 소설이다. 소설에서는 고기를 잡지 못하고 빈손으로 돌아오던 노인이 어느 날 아주 큰 청새치를 잡아서 의기양양하게 항구로 돌아온다는 스토리다. 스토리가 부실하게 요약되었지만 스토리는 스토리다. 노인이 상어들과 사투 끝에 항구로 돌아왔을 때 머리와 뼈만 앙상하게 남은 청새치의 잔해뿐이다. h는 이 대목에 길고 진한 밑줄을 긋는다. h가 쓰려는 시는 나이든 어부 산티아고가 잡은 청새치가 아니라 나날의 잡고기를 닮아 있다. 훗날 h가 청새치로 비유될 수 있는 시를 썼다고 해도 그것은 쓸쓸한 노릇이다. 84일째 고기를 잡지 못하는 '가장 운 없는 사람'과 다를 게 없을 것이다. h에게는 시가 아니라 시의 잔해만 남아 있을 것이다. 산티아고를 존경하는 마놀린 같은 소년도 없을 것이고 머리맡에서 큰 공허만 만들어내는 파도소리만 출렁댈 것이다.

영감, 내일 또 시를 쓰시게. 그게 진정한 당신의 시가 될 것이다. h가 꿈에서 만난 누군가의 교활한 속삭임이다. 환청일 것이다. 바닷가에 서서 멀리서 밀려오는 파도를 바라보고 서있는 흰머리의 노인. 파도가 밀려온다. 밀려오고 또 밀려온다. 노인이 된 시인은 움직이지 않고 바다를 바라본다. 바라본다는 말의 영원성이 바람결에 흔들린다. 꿈이지만 이 장면은 대략 10분 정도 지속된다. 조용히 영원을 초과하는 장면이다.

반복 없는 반복

홍상수 영화 소식이 뜸하다. 「강변호텔」이 나온 지 한참되었다. 돌이켜보니 2019년 3월 27일에 개봉했다. 러닝타임 95분. 어떤 사람들은, 물론 띄엄띄엄 홍상수를 본 사람들이지만, 이제 홍상수가 맛이 갔다고 평가했다. 맛이 안 가는 사람들은 없다. 다들 맛이 가는데 어떤 맛으로 가느냐가 문제이겠다. 대통령도 맛이 가고, 국회의장도 맛이 가고, 대법원장도 맛이 가고, 톱스타도 맛이 가고, 아이돌도 맛이 가고, 걸그룹도 맛이 가고, 석학도 맛이 가고, 재벌 총수도 맛이 가고, 애인도 맛이 가고, 신상품도 맛이 가고, 인문학자도 맛이 가고, 진보주의자도 맛이 가고, 보수주의자도 맛이 가고, 논객도 맛이 가고, 시인도 맛이 가고, 평론가도 맛이 가고, 노벨문학상도 맛이 가고, 어떤 성직자도 맛이 가고, 맛이 갔다고 말하는 사람도 맛이 간다. 맛이 안 간 사람은 본래부터 맛이 간 사람이다. 홍상수의 마지막 영화 「강변호텔」은 홍상수의 반복이지만 맛이 간 것이 아니라 h는 여전히 진화하고 있다는 게 내 생각이다. 홍상수만 유독 맛이 가지 말아야 할 이유는 없다. 홍상수 영화를 시시껄렁한 불륜 포르노로 보려는 축도 있다. 맞다. h는 영혼 없이 동의한다.

h의 이 조급한 동의는 홍상수 식 루틴을 포함한 모든 영화와 문학에도 적용된다. 홍상수는 영화를 만든다기보다 소설을 쓰고 있는 것이고, 소설을 쓴다기보다 한 편의 무의식을 횡단하고 있는 것이다. 아무도 대놓고 가보지 않아서 익숙하지만 낯설고, 낯설지만 한없이 익숙한 그곳으로 홍은 우리를 이끌고 간다. 그곳에서 우리는, h만 그런지도 모르지만, 가리개 없는 자신의 맨얼굴과 마주친다. 이 불편함. 홍상수 감독은 외친다. 자, 지금부터 당신의 억압되었던 무의식을 똑바로 본다. 카메라 레디! 액션! 컷! 그렇게 하시면 안 됩니다. 저 장면의 바로 당신이거든요. 그러니 한없이 애정어린 눈길로 바라보면 됩니다. 다시 갑시다. 레디! 액션!

이쯤에서 다음에서 검색된 「강변호텔」의 시놉시스를 옮겨 적는다. 강변의 호텔에 공짜로 묵고 있는 시인 기주봉이 오랫동안 안 본 두 아들 권해효와 유준상을 부른다. 아무 이유 없이 죽을 거 같다는 느낌이 들어서 부른 거다. 젊은 여자 김민희가 같이 살던 남자에게 배신을 당한 후 강변의 호텔에 방을 잡았다. 위로를 받으려 선배 언니 송선미를 부른다. 다들 사는 게 힘들다. 그 강변의 호텔에서 하루는 하루가 다인 양 하루 안에서 계속 시작하고 있고, 사람들은 서로를 바라만 보고 있다. 여기까지가 줄거리다. 영화는 소설이 그런 것처럼, 인생이 그런 것처럼 줄거리가 아니다. 인생이 그렇듯이 요약에 포함되지 않는 불가해가 영화다. 앞에서 요약한 시놉시스는 홍상수 영화의 매력을 조금도 드러내지 못한다. 그러나 이 영화는 홍상수의 필모그래피 가운데서도 가장 깊숙한 삶의 어떤 대목을 짚어내고 있다. 시가 아니라 시인의 어떤 증상적 순간을 기주봉이 잘 보여주고 있다.

홍상수가 너무 자주, 너무 쉽게, 너무 그게그거 같은 영화를 찍는다고 불평하는 사람들도 없지 않다. 잘못된 말은 아니다. 그럼에도 불구하고 h는 그런 홍상수를 지지한다. 더 많이, 더 자주, 더 헝클어지고, 더 거친 영화를 찍어주기를 바라마지 않는다. 뽀샵질을 한 헐리우드식 영화는 부족하지 않다. 매일매일의 일상성이 h를 엄습할 때마다 h는 홍상수 영화 속을 지나가는 인물이 된다. 홍상수에 대한 h의 지지는 빠의 차원과 같지 않다. 한 가지 분명한 사실이 있다면, 홍상수 영화를 보지 않는 사람은 그러려니 하지만 그의 영화를 대충 보는 시인들과 자칭 인문주의자들을 h는 신뢰하지 않을 것이다.

「녹턴」 듣는 밤

● ●

오후 열한 시 오 분쯤
대전대학교 부설 한방 병원
육인 실 커튼 사이로 간간
빠져 나오는 밭은기침 소리
운율이 불규칙한 코 고는 소리
화장실에서 들리는 물 내리는 소리
명치를 자박자박 두드리는 소리
스마트폰이 부들거리는 소리
미닫이문이 열리는 소리
복도를 오가는 슬리퍼 소리
몇 번이고 돌아눕는 이불 소리
옅은 벽 등을 켜고 따라온 시집 한 권
지문이 빼곡하게 새겨진 페이지마다

그리운 바람소리

수화기 저 편 당신 목소리

힘내자

야간 근무하는 이은미 간호사가

묻는다

좀 어떠세요? (구영미)

잡음과 포즈

우리가 열심히 연주한다고 꼭 열심히 들어주는 청중이 있는 것은 아니었다. 노래를 청해놓고 잡담이나 하고, 자기들 자리가 흥겨워 노래 소리보다도 더 크게 소란을 피우는 데 실망하던 때가 한두 번이 아니었다. 때로는 그런 사람들을 내쫓아 버리기도 했고, 연주하다가 중단해야 할 때도 가끔 있었다. 재즈 클럽 야누스를 운영했던 재즈 보컬 박성연이 1988년 7월 월간 ≪객석≫에서 털어놓은 이야기다. 황덕호의 『다락방 재즈』에서 인용한다. 재즈 얘기들이 시 얘기와 멀지 않아서 정답기까지 하다. 열심히 쓴다고 누가 읽어주나. 누가 읽어주지 않을 때만 시는 시가 된다. h는 이런 역설을 인정하고 지지한다. 다소 편파적이고 이기적인 의견이기도 하다. 이 말은 시의 한계만이 시가 된다는 말일 수도 있다.

어제 만났던 계간지 주간인 c와 나누었던 대화의 주제도 그런 것이다. 그의 생각과 h의 생각은 교차점이 있다. "말로 표현할 수 없는 지점 말이에요." c가 말한다. "그렇지요. h는 살짝 맞장구를 친다. "우리는 그런 점에서 너무 관대한 문학사를 가지고 있어요. 시가 무슨 구원이니, 받아쓰기니, 미학이니 떠들어대지만 그건 다 참소리에요. 낡은 시론이나 어설픈 시창작 노트들이 다 해먹은 얘기들 아니에요. 책 읽으면 다 알게 되는 말을 왜 쓴답니까. 시론이나 시창작론 저자들도 당황하는 시를 써야 합니다. 인터넷에 없는 시를 쓰면 성공이지요." c는 계속 말한다. 그의 말이 다소 급진성을 띄고 있지만 h는 그냥 듣는다. "나는 그런 시인을 찾고 있어요. 머리가 무거워서 손으로 턱을 괴고 있는 시인의 사진과 함께 실려 있는 시를 보면 부담스러워요." c의 말이다. "머리에 든 게 많으면 머리가 무겁잖아요." h의 말이다. "그게 문제지요. 무거우면 참소리만 지껄이게 되어 있어요." c의 말이다. 우리는 거기까지 얘기했다. c와 h가 나눈 말도 듣는 이가 없다. c의 말을 h가 들어주고, h의 말을 c가 들어준다. 일종의 품앗이다. c와 헤어진 뒤 h는 그와 만났던 종로 주변을 벗어나 광화문 쪽으로 걷는다. 광화문이 가까워질수록 전에 보지 못했던 미천루가 즐비하다. 사람이 살고 있는 도시가 아니라 마천루가 살고 있는 도시다. 이런 시대는 사람이 시를 쓸 것이 아니라 비인간지능이 시를 쓰는 게 맞다. 시가 인간의 영역에 남아 있다는 것이 놀라운 일이다. 인간만이 시를 쓸 수 있고, 그래야 한다는 생각은 소박한 바람이다. 포즈의 시인 이상과 정직의 시인

김수영이 뇌리를 지나간다. 그런 문학사가 있었다. 자신의 삶을 예술로 만들고자 했던 이상과 정직을 시의 기법으로 몰고 갔던 김수영은 입장에 따라 다르게 받아들일 수 있다. 포즈를 숭상하거나 정직을 선호할 수 있다.

사람에 따라 방점의 위치가 달라진다. 귀한 것은 정직이다. 그건 어렵기 때문이다. 너무 어렵기 때문이다. 거의 불가능하기 때문이다. 어떻게 하면 정직할 수 있을까? 정직하다는 말처럼 정직하기 어려운 게 있을까. 대개의 h는 포즈밖에 가진 게 없다. h의 불행은 포즈 같지 않은 포즈를 매일 연습하고 부수는 일을 반복한다는 거다. 정직하다는 것도 한편으로는 포즈일지도 모른다. 너무 정직하게 쓰지 말고, 대충 쓰는 것이 시의 본색에 어울린다. 참소리가 아니라 삑사리에 가까운 잡음 같은 헛소리가 본질적이 아닐까. 종로를 벗어나 교보에서 우회전하면서 세종문화회관과 광화문을 낯설게 바라보는 시선도 일종의 포즈다. h가 만들어보고 왼손으로 쓱 지워버리게 되는.

쓴다고 가정된 주체

● ● ○

바깥은, 아직, 덜, 어두워졌다. 춥지 않은 겨울저녁이다. 영하 2도 정도 될까, 아니다, 그 정도보다는 조금 더 밑일 것 같다. 아파트를 나와서 사람들이 전철역을 향해 걷는 골목길로 들어선다. 사람들 보기에 h는 전철역으로 가는 행인이거나 술집을 물색하는 술꾼으로 보였을 것이다. 그렇다면 오늘은 그 예측이 꼭 맞았다. 이 거리는 1980년대의 어떤 동네를 복원해놓은 듯 오밀조밀하다. 번듯하게 지어진 빌딩은 없고, 얼기설기 잇대어진 구식 집들을 현실에 맞게 개조한 가게들이 즐비하다. 조금만 더 형편이 좋아지면 집을 부수고 새로 짓겠다는 의지가 역력해 보이지만 늘 형편이 펴는 그날 직전에 있는 듯 하다.

h는 그런 아쉬움이 좋다. 광화문이나 강남이 자랑하는 마천루가 갖지 않은 인간적인 숨결을 이 동네는 가지고 있다. 보기에 따라서 그렇다는 말이지만, 이런 h의 생각은 매우 비자본적인

발상이라 동지를 규합하지는 못한다. 전철을 향하기 직전에 오른쪽을 굽어든다. 치킨집, 족발집, 곱창집, 생맥집, 사케집, 닭발집, 이런 집들이 줄지어 있다. 어떻게 분류해도 다 술집이다. 전철에서 내린 퇴근족들을 붙잡는 집들이다. 여름날이면 가게마다 의자들을 바깥으로 내놓고 호객을 하기에 이 거리는 모처럼 휘황스런 노천카페로 변한다. 지나가기만 해도 취기가 묻어나는 골목이다. 삶이 삶다울 수 있는 한 단면의 노출이다.

포근해도 겨울은 겨울인지라 이 거리의 저녁도 감감하다. h는 이 거리의 한 끝에 약속을 잡아놓았다. 오랜 문우인 ㄱㅅㅎ을 만나기로 했다. 그는 h가 대학 초년시절에 만나 지금까지 헤어지지 못하고 만나오고 있는 문학적 동료다. 만났다 헤어졌다, 헤어졌다 만났다를 되풀이하면서 생의 긴 시간을 건너왔다. 가끔, 서로의 삶을 조회하고 참고하면서 그렇게 살아왔다. 그것도 서사적 덩어리다. h는 그가 써온 시보다 그가 자신의 시를 지켜온 어떤 시인적 자질을 좋아한다. 그가 매우 존중하는 문학사적 인물들에 대해서도 h는 동의하는 편이다. 그는 문학사가 평가하는 몇몇 시인들을 일관되게 존중하고 존경한다. 그건 그의 특징적인 측면이다.

술집에 들어서니 그는 이미 와 있다. 탁자 위에는 아무것도 주문되지 않았다. 우리가 나눌 풍성한 대화를 위해 탁자가 자신을 비우고 정리하고 있는 듯 하다. 술집은 우리가 앉아있기에 괜찮은 집이다. 둘씩 마주보고 앉게 되어 있는 탁자가 다섯 개가 벽을 끼고 배치되어 있다. 만석이 되면 스무남은 명을 받을 수 있는 집이다. 50대 후반으로 추정되는 주인여자 혼자서 뚝딱거리면서 손님을 받고 있다. 주인의 인상도 우리 같은 구시대의 문인 떨거지를 편하게 받아준다. 말이 없고, 공손하고, 외상도 줄 수 있을 것 같다. 다만, 혹시 시를 아십니까? 이렇게 물어서는 안 될 표정으로 일관하는 자태도 마음에 든다. 이 집은 노천카페 골목의 끝 후미진 곳에 있다. 알고 찾지 않으면 몰라서 오지 못할 지리적 여건이다. 술은 소주 한 병, 맥주 한 병이고 안주는 굴전과 계란말이가 왔다. 이제 술병은 계속 늘어갈 것이다. 사장님, 한 병 더. 그렇게 여러 번 여주인은 우리 탁자 앞에 불려올 것이다. 그때쯤 우리의 말과 표정과 대화는 조금씩 뭉개지겠지. 지나간 일들은 지나간 대로 강화될 것이고, 지금 탁자 위의 문제는 문제대로 확신에 차게 될 것이다.

"형은 시집 열 한 권이야." ㄱ이 말한다. "그래서?" h가 받는다. "그 정도면 선방했다는 말이야. 나는 여덟 권이야. 나도 애썼잖아?" ㄱ이 말하면서 h의 동의를 구한다. "그렇긴 하네. 시집 많이 냈다는 건 아무래도 물량주의 아니겠나. 조병화는 53권. 전집만 6권. 어때?" h가 좀 뜨악하게 말한다. ㄱ도 입을 막고 있다. "예외적인 거는 뺍시다. 그치만 시인은 쓰는 사람이고 열심히 쓴다는 게 칭찬받아야 할 항목 아니겠어요?" ㄱ이 말하면서 재차 h의 동의를 강하게 구하는 표정이다. 그러더니 ㄱ은 문학사적 시인들의 시집 권수를 일일이 나열한다. 김영태, 이승훈, 황동규, 정현종, 오규원 등이 명단에 떠올랐고, 같은 세대 즉 1980년대 시인들의 명단이 제시된다. h는 듣는다. 언제 이렇게 그가 남의 시집 권 수를 헤아리고 있었는지 놀랍다. 그의 독특한 신경통이다. "김소월, 한용운, 이육사, 윤동주는 단 권이지. 단 권 승부." h가 말한다. "그건 시대적 상황의 문제지요. h는 지금의 상황을 배경으로 하는 얘깁니다." ㄱ이 강하게 말한다. "시를 지속적으로 쓴다, 안 쓴다의 문제는 업자들 각자의 문제. 그걸 계량적 견지에서 이러쿵저러쿵 할 필요는 없다. 그건 동의하겠지? 다만, 주목되는 건 우리 세대 즉 1980년대 시의 시대를 이끌었던 대표시인들의 침묵이겠지." h가 천천히 말한다. 그러면서 소주가 섞인 맥주잔을 입에 댄다. 술청에는 우리보다 겨울을 몇 번 더 났을 법한 남자와 여자가 앉아서 소주를 마시고 있는데 우리 목소리가, 컸었는가, 우리 쪽을 힐끔거린다. 목소리를 좀 낮추자, 그렇게 말하려다 h는 계란말이와 함께 말을 삼키고 만다. "내가 말해놓고도 살짝 놀란다. 시의 시대라는 말 참 오랜만이지?" 말하면서 h가 ㄱ을 건너다본다. 그의 얼굴에 술기가 골고루 번졌다. "그때가 좋았는데, 설렜는데, 시가 한 시대를 흥분시켰지요. 지금은 시인 인구가 따따블로 증가했는데도 시의 시대라고 호명하는 사람은 아무도 없어요. 왜 그럴까요?" ㄱ이 묻는다. h도 연구해본 적 없는 주제다. 시의 시대라고 말하는 평론가는 사라졌지만 시를 쓰려고 애쓰는 문청들은 더 늘어났다. 곳곳에서 시를 가르치고 배우고 하는 붐이 일어나고 있다. 문학에도 학원식 시스템이 뜨겁게 작동한다. 학원 수강생이 아니면 배척받는다. 문예창작이 대학입시학원의 운영 방식과 유사하게 바뀌었다. 즉, 이렇게 해서 나는 신춘을 뚫었다는 경험담을 즉시 전수하는 방식이 유행한다. 당해년 신춘 당선자가 시를 가르치는 것이다. 40대 이상의 중견들이 시를 가르치는 건 수강생들의 눈높이와 어긋나기 시작했다. "시의 시대는 갔고, 더 시의 시대가 왔다는 뜻?" h는 말하면서 희게 웃는다. "1980년대의 선두에 섰던 시인들이 침묵하는 건, 아마도, 잘은 모르지만, 늙었다는 뜻이 된다. 안 그래? 안 늙을 수 있어? 그리고 그들 연세면 사회적으로 무언가 완장 하나씩 차고 있잖겠어. 시보다 더 당면한 업무들이 있다는 거잖아. 그렇기도 하지만, 내 생각일 뿐이지만, 내가 그들이라면 시 안 쓴다, 그게 약은 노릇이다. 왜? 그들은 강남에 문학적 빌딩 하나씩 차지한 존재들이야. 벌만큼 번 사람은 다른 사업에 손을 댈 필요가 없지. 그냥 건물주 노릇만 해도 바쁘지 않을까? 나는 그렇게 생각해. 그들이 어설프게 시를 쓰게 되면 '10년 만에, 20년 만에'와 비슷한 신문카피를 앞세우고 복귀할 수는 있겠지만, 그건 그리 재미없다는 것을 누구보다 그들 자신이 꿰뚫고 있는 현실이라고 봐, 나는. 조용필이 '바운스'를 발표하고 잠시 활동하고 들어갔고, 송창식은 1987년 이후 음반을 내지 않고, 미사리에서 노래만 부르고 있는 사정과 1980년대 시인들의 사정은 그리 다르지 않을 거 같은데. 어떻게 해도 자신들의 노래가 지금의 시대랑 음정도 리듬도 박자도 맞지 않는다는 사실을 그들이 잘 알고 있는 거겠지." h가 길게 말했다. 듣고 있던 ㄱ이 내 술잔에 술을 따른다. 자기 잔을 들어서 h의 잔에 부딪친다. "연구 많이 했소야." ㄱ이 영동지역 억양과 방언으로 말하면서 웃는다. "문제는 나 같은 존재들이 문제지. 여직 내 집 한 칸 없이, 전세살이 하는 처지 아니겠어. 아니면 남의 빌딩 그늘에 앉아서 난전을 벌이는 형국이지. 자기 주로가 아닌 남의 주로를 뭐 빠져라 달리다가 결승선에서 파울 선언을 받을 공산도 없지 않은." h는 말하고 웃는다. ㄱ도 웃는다. "그래도 j와 g는 우리 시를 읽어줄 거라고 생각해." ㄱ이 말한 j와 g는 대학시절의 후배들이다. j는 모교에서 소설을 강의하고 있고 g는 대학원에서 뮤지컬을 공부했다. ㄱ의 장점이다. 과거의 한순간을 과거의 한 순간에 고정시키고 늘 과거의 한순간으로 돌아가 과거의 한순간을 과거의 한순간 그대로 회상하고 면회하는 그 착심 말이다. h가 갖지 못한 그의 이런 인간적 특성에 경배. "한 잔 들자." h가 잔을 들어 그의 잔에 부딪쳐준다. 그가 잔을 들어서 목구멍 깊숙이 술을 흘려보낸다. 그가 회고하는 과거의 한순간이 그의 몸 속에서 되살아난다. ㄱ이 생각났다는 듯이 어딘가에 전화를 건다. 문득 ㄱ이 폰을 나에게 건넨다. h는 누군지 모른 채로 폰을 귀에 댄다. "여보세요. 아, 선생님, 이 시간에 한 잔 하시는군요. 제가요, 요즘, 시가 올라와서, 미치겠습니다. 좋은 시 쓸게요. 네, 네. 다음에 뵈요." 이건 무슨 말이지. 전화 속 인물은 방금 전에 ㄱ이 자신의 시를 읽어줄 사람으로 지목한

후배 j다. 그는 현역 소설가이자 평론가다. 그런데 그가 갑자기 시를 쓰고 있다고 말한다. 전화 속의 목소리는 시의 빛이 그에게 강림하여 직선으로 솟는 느낌이었다. 시에서 소설로 전업하는 경우는 크게 이상하지 않지만, 소설에서 시로 전업하거나 겸업하는 경우는 흔하지 않다. 드디어 서사가 아니라 서정 속에서 자기를 만났다는 뜻인가. 소설 쓰는 사람의 몸 속에서 견딜 수 없는 무엇이 솟구쳤다는 말이겠지. 그것은 뜨거운 자아이겠지. 흥분된 자아. ㄱ과 h가, 혹은 ㄱ과 h 같은 시인떨거지들이 아직도 그리고 오래도록 해결하지 못하고 있는 문제들, 그로 인해 늦은 시간까지 술잔을 들어올리는 허무맹랑한 이 노동에 동참할 1명이 추가된다는 소식이다. "사장님, 한 병 더요." ㄱ의 목소리에 자신의 주량을 넘어서는 취기가 묻어난다. ㄱ은 빈 잔에다 빈 술병을 들어서 흔들며 술을 따른다. 이 병, 저 병, 탁자 위에 있는 빈 병들을 한번씩 다 들어서 빈 잔에 빈 술을 따른다. 자리가 파할 시간이 왔다는 시그널이다. ㄱ은 취하기 싫은 눈을 들어서 주방에서 다른 네이블의 안주를 만들고 있는 나이 든 여주인을 약간 그윽하게 바라본다. "그윽한 시선을 거두고 가자." h다. "왜, 시라는 게 생겨가지고 성가시럽게." 술집을 나서면서 나온 말인데, ㄱ의 말인지, h의 말인지 모르겠다.

서풍이 부는 날

어제, h는 시 청탁을 받는다. 새해 첫 발표지면이 온 것. 영업으로 치자면 한 해의 마수걸이이자 개시다. 가수로 치자면 첫 무대가 되는 셈이다. 편집자가 h를 호명한다는 건 언제나 뜻밖의 일이다. 뜻과 밖의 문제다. h야 뜻의 바깥에 서 있는 존재이거든. 그것이 편하다.

청탁전화를 받을 때, h는, 올 것이 왔구나, 하는 가슴 한 구석에서 철렁, 하는 쇳소리를 듣는다. 시를 쓴다는 동작은 자기 머릿속 사념을 끄집어내서 문자의 옷을 입히는 일이다. 그럴듯하고 문명적이고 인문적인 노역이다. h는 늘 그렇게 믿고 있다. 그렇게 믿고 온다. 그게 남들과 h를 구분짓는 알량한 경계선이다. 이것마저 없다면 삶이 얼마나 공소하겠는가. h는 그러나 잘 안다. 이런 시쓰기의 알량함이 눈앞에서 궤멸되었음을 h는 안다. h가 할 수 있는 방어막은 없다. 문예지에 시 한 편을 발표한다는 것은 시인에게는 존재론적인 자기 확인이다. h는, 시쓰기의 보람은 시를 생각하는 순간이라고 믿는다. 청탁받는 순간도, 시를 발송하는 순간도, 시가 실린 문예지를 보는 순간도 아니라는 게 h의 문학관이다.

청탁을 받는 순간, h는, 아, 내가 시를 청탁받는구나, 하는 것이 h의 몸에 일어나는 반응의 전부다. 청탁은 일종의 백일장 초대장이다. 독자라는 심사자들의 눈에 들기를 희망하는 일과 그리 다를 게 없다고 h는 치부한다. 독자들은 읽겠지. 아니, 읽을 것이라고 h는 예상한다. 예상은 현실과 다르다. 독자가 읽어주겠지, 하는 것은, h의 생각이고, 실제로는 읽지 않을 수 있다는 것도 무시되지 않는 현실이다. 읽지 않는 것도 h에겐 문제적이지만, 설령 읽었다고 해도 문제성이 사라지는 것은 아니다. 독자들의 독서반응이란 얼마나 다채로운가. 시읽기에 만장일치는 있을 수 없다고 h는 늘 생각하는데, 어쩌면, 그것이 시의 소진되지 않는 매력인지도 모른다. 독자는 취향으로 저격한다. 취향은 무엇인가. 취향은 오랫동안 누적되어오면서 변화를 거부하는 자신의 감각이다. 취향은 주관적 개성이면서 소외된 개성이다. h의 관점은 이 근처에 있다. 누구를 생각하고 시를 쓰는가. 그런 예상 자체를 h는 주먹구구라 치부한다. 세상 어디에 h와 똑같은 사유를 가진 존재가 있을까? h는 아랫볼 사이로 웃음이 번지는 걸 느낀다. "있을 리가 없지. 그런 환상은 미친 짓이야, 미친." h의 중얼거림이다. 그래도 h는 아무렇지 않은 듯이 청탁에 응할 것이다. 청탁해준 편집자에게 고마워하면서, 황송해하면서 말이다. 잡지사가 요구한 약력과 은행계좌와 책 받을 주소를 꼼꼼하게 적어서 보낼 것이다. 시를 작성한 사람은 h이지만 시의 운명은 문자 그대로 팔자에 맡긴다. 세상의 모든 예측 불허와 황당과 합리를 벗어난 일들을 h는 운명이라 풀이하고 산다. 시도 그렇다.

쓰는 순간 이미 시는 누군가의 응시 속에 놓인다. 한 명의 독자도 없는 시를 쓰는 순간이야말로 숭고하다. h가 시를 쓰는 것은 자신의 알량함과 숭고함에 바치는 순간이다. 문득, 어느 날, '서풍이 부는 날'(장미화), 어디론가, 먼 길을 떠나고 싶은 날, 그 날도, h는 엎드려서 자판을 두드리고 있을 것이다. 그것은 시를 넘어서는 일이다. 정확하게 말한다면 그것은 시의 문제가 아니다. 끝내, 언어가 쓸어 담지 못하는 어떤 것이다. 마침내 실패에 이르게 되는 무엇이라고 h는 결론짓는다.

어디서 이런 시인들만 나오는 거야

드문 일은 아니지만, 가끔, h는 인터넷에 자기 이름을 입력하고 검색을 시작한다. 허영검색이다. 숨어서 하는 일종의 자기엿보기다. h는 가끔 그 일을 한다. 인터넷 속에는 모든 것이 있다. h의 모든 것이 들어있기도 하다. 끌려나온다는 말이 맞을 것이다. h의 약력이 다 들어 있다. 어딘가 발표했던 시들도 끌려나온다. 신작 시집이 출판되면 인터넷에는 자동반사적으로 시집에 관한 모든 내용이 뜬다. 목차에서부터 해설에 이르는 거의 모든 시집 콘텐츠가 떠오른다. 시집을 구매하지 않더라도 시집의 전모를 염탐할 수 있다. 이 책은 사야겠군. 사지 않아도 상관없겠어. 그런 판단을 하게 된다. 출판물이라면 모두 검색을 피할 수 없다. 인터넷은 거대한 창고가 된다.

h가 말하고 싶은 것은 조금 다른 데 있다. 시를 쓰는 것은 결국 인터넷에 시를 올리는 일이다. 인터넷에 자신의 시집이

검색되는 순간 안도한다. 인터넷에 없다면 책을 낸 것이 아니다. 인터넷은 거대한 상징계이면서 공정하고 공평하다. 인터넷 공간은 모든 출판물을 등재시키면서 모든 책의 개성을 무화시킨다. 거기서는 모든 시가 명작처럼 보이며, 모든 시가 그저그런 시로 둔갑한다. 정보의 바다에서는 어떤 책이든 같은 파도에 휩쓸려야 하기 때문일 것이다. 상업적 판매에 성공한 책들을 제외한 거의 대부분의 책들은 인터넷이 큰 공동묘지가 된다.

  인터넷에 등록하기 위해 시를 쓰는가. 서글픈 일인가. 측은한 일인가. 당연한 일인가. 불가피한 일인가. 공평한 일인가. 민주적인 일인가. 인터넷이 시의 민주화, 평등화, 평준화를 불러온 것인가. 카페, 블로그, 트위터, 페이스북, 인스타그램 등에 쉴새 없이 떠오르는 시들은 '읽지 않아도 괜찮다'는 점을 강조해 속삭인다. 시도 많고, 시인도 많다. 어디서 이런 시인들만 나오는 거야. h는 이 글을 쓰고 있는 소설 속의 화자이자 주인공 역을 맡고 있다. h는 인터넷의 기능을 비판적으로 말하려는 건 아니다. 감사할 일이 더 많다. 시의 유통과정이 지면을 떠나 인터넷 공간으로 이동했다는 사실을 두고 하는 말이지만, 이 과정에서 시와 시인의 생각과 독자의 생각은 크게 변화를 겪는 것 같다. 시가 수줍게 보유하고 있던 수공업적 사유가 증발되는 것은 아닌가. 학자들은 시의 물신화라고 말하리라. 시인들로서는 옥석이 구분되지 않는 인터넷시대를 인정해야 한다. 문단문학이 몰락하는 과정이다. 대신 다른 시인들의 다른 시들이 떠오른다.

걸그룹과 아이돌을 통해 익힌 감수성들이 새로운 시의 자리를 차지할 것이다. 그것은 마땅한 일이다.

h는 지금 변하는 시대를 탓하는 게 아니다. h의 의지와 관계없이 h의 시가 인터넷 속을 떠돌고 있다는 사실을 유감스럽게 생각하고 있을 뿐이다. 실은 그게 아니다. h는 h의 시가 그렇게 대접받는 게 싫다. 몹시 싫다. 누군가 폰을 잡고 엄지와 검지를 이용하여 화면을 늘이면서 h의 시를 대충 보는 것이 싫다. 시는 읽히기 위해 쓰여지지만 그렇게까지 누군가의 시선에 도달하고 싶지가 않다. 시 한 편이 댓글과 같이 취급되는 것을 참을 수 없다. 동료 t한테 전화해서 그의 의견을 청취하고 싶다. t시인, 이래도 되는 거요? 어떻게 생각하세요. 대책을 마련해야 하지 않겠어요. 이러다 우리 시인들 다 이상해지는 거 아닐까요? 말 좀 해보세요. t시인이라고 불린 이 사람은 시도 잘 쓰지만, 행동력도 있고, 정치력도 있어서 문단이라는 공간 내부에서 나름 힘을 발휘하는 시인이다. 그는 h의 말을 듣고, 한참 뜸을 들이면서, 아주 진중한 목소리를 꺼내놓는다. 그 진중한 침묵의 순간은 자신의 의견을 이끌어내기 위한 프롤로그라기보다는 h의 비분강개를 단지 진정시키기 위한 업무용으로 보였다. 그의 목소리에는 당신과 h의 의견이 다른 것이 아니라 입장이 다르다는 것을 과시하는 듯 했다. 그거야 어쩔 수 없는 일 아니겠습니까. 내 주변의 시인들은 다 잘 적응하고 있는 것 같은데요. t시인의 말이다. 그래도 힘 있는 시인들 몇이라도 나서서 자신의 시를

인터넷에 올리는 것에 동의하지 않는다는 입장을 공개적으로 표명하면 다소간의 환기력은 있지 않겠어요. h가 자신의 말에 힘을 주어서 말했다.

　t는 이번에는 출판사, 인터넷 포털과의 관계 등을 장황하게 설명하면서, 요컨대, 이 문제에 그닥 관심이 있지 않다는 태도를 충분히 보여주었다. 그래, 잘 먹고 잘 쓰고 잘 살아라. 오늘부터 나는 당신을 시인으로 생각하지 않겠다. 당신은 시인이라는 관사가 그저, 명함용이고, 무거운 얼굴을 시집 날개에 박는 것으로 만족하고, t시인, w시인 하는 호명에 투신하는 속물급으로 보였다. 이렇게 생각하고 나니, 내 자신이 급 옹졸해졌다. h의 반응이 과민한 것에 반해 t 시인의 반응은 자연스럽고 체제지향적이다. h는 혼자 열 낸 것이 부끄러워졌다. 혼자 생각이었지만, t 시인에게 들킨 듯 해서, 그에게 미안한 생각이 밀려왔다. 속물스러운 건 바로 h였다. 전화라도 할까. 그런 생각이 들었지만, 그것은 생각일 뿐이었다.

각개전투

출판사에서 보낸 강세환 시집 원고 첨부파일을 연다. 누군가의 시집 날원고를 읽는다는 일은 즐겁고 두렵다. 쓴 사람에게도 그것은 사건일 것이고, 읽는 사람에게도 사건으로 다가온다. 시란 무엇인가. 이렇게 써놓고 웃는다. 해설용 원고가 대답해 줄 것이다. 그렇게 생각하면서 천천히, 시를 읽기 시작한다. 시를 쓴 사람이 고민하면서 타자했을 시들이 하나씩 눈 앞으로 다가온다. 어서 와, 처음 보지? 나의 시. 해설자와 시는 그렇게 눈인사를 나누면서 마음을 섞기 시작한다. 처음엔 몸을 섞는다고 썼다가 너무 시적이어서 수정했다. 시의 편수를 헤아려보지는 않았어도 꽤 많은 시편들이 수록되었다. 시를 읽어나가면서 드는 생각의 들머리는, 이 시들은 해설 없이 읽었을 때 더 순연하게 다가오리라는 느낌이다. 해설은 시의 이해를 방해하는 매개가 될 가능성이 높다. 시라는 게 해설로 해결되는 건 아니다.

시는 해설 따위에 저항하는 글쓰기다. 나의 해설(解說)은 그러므로 해설적(害說的) 언급일 뿐이다. 그만큼 이 시집은 자족적이며 자기해설적이다. 그런 점을 염두에 두면서, 자판을 두드리겠다.

늙어서까지 시를 쓰는 사람은 두 경우이다. 아직도 자기 생에서 해결되지 못한 무엇이 있던가, 시쓰는 버릇을 정리하지 못한 경우다. 시인은 독자의 질문에 응답하게 될 것이다. 늙어서까지 시를 쓰려는 사람에게 필요한 것도 두 가지다. 시에 목매지 않을 것과 오직 실패하는 시만 쓸 용기와 자유가 전제되어야 한다. 다소 거친 시선으로 보자면 한국시에는 성공한 시만 보인다. 그것도 아주 손쉽게 성공하고 있다. 해설자가 규정하는 성공은 시들이 아주 편하게 독자들과 타협한다는 지점을 가리킨다. 잘 썼다, 신선하다, 새롭다는 거짓 평가 등등. 이런 반응은 시에 아무 도움도 되지 못한다. 좋은 시는 문자적 환상이다. 풀어서 말하겠다. 좋은 시가 있다는 환상을 거두면 모든 시가 자기 목소리와 포즈로 빛을 발한다. 독자는 그 빛 속을 지나가면서 시의 빛을 망각한다. 그러면 된 것. 시는 더 이상 한 시대의 빛이요, 길이요, 꿈이 아니다. 시는 각자의 증상이고, 타자의 흔적이고 헛소리다. 헛소리는, 꿈 속에서 누군가에게 쫓기면서 외치는 외마디 비명을 닮은 문자적 가위눌림이다. 모든 참소리의 이면은 헛소리다. 헛소리는 그래서 참소리의 허구성과 이념성을 격파하게 된다.

사족: 해설을 마치고 나서 본문과 관계없이, 독자와 관계없이, 해설 고료에도 계산되지 않는, 본문에 포함되었으나 글의 균형상 삭제되었던 부분을 살려놓기로 한다. NG모음 같은 것이리라. 강세환 詩兄, 오래도록 시의 트랙에 남아서 마침내, 끝끝내, 이렇게, 원로 같지 않은 원로가 되었구려. 시를 쓴다는 노동은 내 어렸을 적 동네 속담으로는 '좁쌀로 뒤웅박을 파는 일'에 해당 됩니다. 장군이 이 잡는 꼴이기도 하고요. 뭐, 이거야 협소하고 모난 내 생각이지만, 강 시인이 그 옛날, 저 1980년, 계엄령 내린, 강릉문화방송 길 건너편에서, 취기를 못 이긴 채로, '비상계엄 철폐!'라고 외치던, 그러나, 무장한 초병에게 들리지 않도록 소심히 외치던, 그 광경이, 떠올라와서, 혼자, 웃었소이다. 웃음은 웃음만이 아니었지요. 생각 같아서는, 그때, 좀 큰소리로 소리 질러버려서, 당국에 잡혀갔다면, 뒷날, 보상금도 받고, 운 있으면 국회의원도 해먹었을 터이고, 시 같은 건, 쓰지 않아도 좋았을 것이라는 혼자생각도 했소이다. 해설료 나오면, 1980년대 정서가 흐리게 박제된 상계역 부근 뒷골목에서 한 잔 합시다. 취하면, 강 시인은, 늘 관용적으로 중얼거렸지요. '우린, 가짜가 아닙니다'. 그 말이 왜, 꼭, 우리는 가짜라는 애달픈 고백으로 들렸는지 모르겠소이다. 다들, 양심껏, 별수없이, 시적으로, 사기를 치는 거지요. 정치하는 것들은 툭 하면, 검은 양복 차려입고 국립묘지로 조폭들처럼 몰려가잖아요. 강 시인은 시집을 들고, 수유리를 찾아가야겠소. 김수영식 처방전은 김수영에게 반

납하고, 전망 없는 각개전투에 나서는 거지요. 봄 나면, 강릉 초당동에서, 순두부찌개를 먹으면서 파도소리를 들어도 괜찮겠소. 치질도 잘 다스리고, 겨울 잘 나시오. 축.

우왕좌왕

h는 생각한다. 무엇을? 시를! 시만? 시 옆에 붙어 있는 것들. 시 뒤에 줄 서 있는 것들. 시보다 앞서서 h를 찾아오는 것들. 생각해보면 아주 일상적인 것들, 아주 소소한 것들, 아주 사적인 것들이 시를, 시보다 더 시 같은, 시에서는 실체를 드러낼 수 없는 것들이 시를 가장하고 나선다. 오후에 불암산 둘레길을 걸었다. 늘 가던 길이 아니라 나름 길이 없는 길을 걸어서 약간의 해발을 높여서 걸었다. 언젠가는 한번쯤 지나갔겠지만 생소하게 다가오는 풍경이었다. 불암산은 서울의 산들이 다 그렇듯이 돌산(骨山)이다. 한 십분 쯤 올라갔는데 나름의 근육을 가진 바위숲이 나타났다. 소담한 산이 감추고 있는 힘이 솟는다. 그것은 결코 서사적인 규모가 아니다. 작지만 작지 않은 힘을 돌출하려는 자세다. 누군가 공들여 귀한 노동력으로 만들어놓은 돌계단을 밟고 내려오다가 길이 아닌 길로 접어든

다. 이 산에서는 길을 잃어버릴 수 없다. 어디를 접어들더라도 작고 큰 길을 만나게 된다. 싱겁다면 싱거운 게임이다. 심각한 정도는 아니지만 없는 길을 가다가 심각하지 않은 헛수고를 한 것은 한두 번이 아니다. 일부러 꾸민 작은 모험이다. 지하도 출구를 잘못 찾는 정도에 해당한다. 사물을 잃는 것은 낯익은 것들이 차츰 사라지는 일이지만, 길을 잃는 것은 낯선 것들이 새로 나타나는 일이다. 리베카 솔닛의『길 잃기 안내서』에서 읽은 문장이다.

h는 생각한다. 무엇을? 시를! 시만? 그런 생각을 했다는 말인데 시를 쓰는 입장에서 보자면 대수롭지 않은 일상적 생각에 지나지 않는다. 남들에게는 의심을 살만한 일이다. h가 시를 쓴다는 것, 시가 쓰여진다는 것은 무슨 뜻인가. 불과 작년까지만 해도 아니 어제까지만 해도 잘 안다고 생각했던 내용이 지금 이 순간은 아주 낯설어져버렸다. 누가 물어도 술술 말하고 누군가에게는 귀띔도 해 줄 수 있다고 믿고 있었는데 지금은 딱 막혔다. 늙은 것일까. 길을 잃어버린 것일까. 두 문장을 합산하자면 늙어서 길을 잃어버린 것은 아닐까. 길 안에서 길을 잃고, 길 밖에서 다시 길을 잃어버렸구나. 결론이다. 시를 쓰는 존재가 자기의 길을 잃어버렸을 때는 어떻게 해야 하는가. 눈앞에 다른 길이 나타날 때까지 기다려야 한다. 이 생각은 상식적이다. 상식은 식상을 뒤집어놓은 것. 통념은 무릇 문학의 적이다. 적과 내통하며 살자. 모른 척 하고 제자리걸음을 할 수도 있다. 그것도

괜찮은 위장술이다. 다들 조금씩 그렇게 속이고 있지 않은지? 누가? 이 대목에서 질문하고 h는 혼자 웃는다. h가 h를 설득하는 데 실패하는 지점이다.

어떤 자학은 자기학습이 된다. 시인은 철학자다. 모든 철학자가 시인은 아니지만 모든 시인은 철학자여야 한다. 시와 철학이 교차하는 지점이 있다. h의 개똥철학으로 보자면 그것은 삶을 관장하는 메뉴어리를 따르지 말아야 한다는 것이다. 메뉴어리는 기준이자 원칙이고 이데올로기가 되어 인간을 억압한다. 누가 먼저랄 것도 없이 시와 철학은 이런 메뉴어리에 맞서서 저항한다. 그런 저항이, 저항방식이 시이고 철학이다. 저항에 힘이 빠지면 저항이 아니다. 진보나 전위가 생명이 짧은 것도 저항력의 지속이 난감하기 때문이다. 예외가 없다. 지금 h가 말하는 대상은 문학이요, 시다. 무릇 문학의 확대와 심화라는 비평적 언어는 약화된 문학적 저항력을 감추는 위장술이 되기도 한다. 일신우일신이라는 말처럼 어려운 거짓말은 없을 것이다. 그것을 시에 대입하면 너무 잔혹한 명령이 되고 만다. 문학사에는 용케도 이를 피해간 시인들이 몇 있기는 있다. 그들은 행운아들이다. 생애 통산 한 권의 시집만 남긴 시인들이 그들이다. 그들이 남긴 생의 통계적 번민이 이를 증거한다. 김소월, 한용운, 이육사, 이상, 백석, 윤동주, 기형도는 수정 불가한 시인이 되었다. 딱, 거기까지만.

한 권 이상의 문학적 생애를 살아갔던 시인들은 계속 사회적

통념과 자신의 통념을 격파하면서 전진해야 했는데, 이 단계를 합격점으로 통과한 시인 또한 몇 되지 않는다.

실직폐업이혼부채자살 휴게실

● ● ●

인터뷰를 할 때마다 많은 분들이 물어보시는데요. 사실은 제가 얘기할 위치는 아니고요. 만약 미국 레전드에게 물어본다면 대답할 수 있겠죠. 하지만 저는 한국에서 제 음악을 하는 사람이기 때문에… 하지만 제가 한 가지 국내 재즈씬이 싫은 이유는 자기 음악을 하는 것도 아니고, 결국 남의 음악, 릭을 카피해서 따라하면서 대단 것 하는 것 마냥 폼잡는 게 꼴보기 싫을 뿐입니다. 김오키의 인터뷰 한 대목을 카피한다. 이번 앨범에서 그는 길고 긴 이름을 쓴다. 성자 조야 표도르 미하일로비치 개돈만스키 a.k.a 김오키. 재미있다고 해야 할지 정신감정이 필요할 건지 감이 잡히지 않는다. 그는 이른바 '의도된 개판'을 치고 있는 재즈 뮤지션이다. 조세희의 『난쏘공』과 김수영의 「거대한 뿌리」도 그의 음악에 들어와 있다. 반갑다고 해야 할지 놀랍다고 해야 할지 역시 감을 잡기 난감하다. 며칠 전 우연스럽게 최근의 생생한 그의 인터뷰를 듣게 되었다. 거침없고 수식 없는 말이 직선으로 날아온다. 국내 재즈나 록음악에 대해 아주 부정적이었다. 그 일단이 첫머리에 인용한 문장 그대로다. 그의 부정어법은 그러나 매우 긍정적이고 따스하게 느껴진다.

　김오키가 이번에 발매한 음반은 「포 마이 엔젤」이다. 그 중에 온라인에 공개된 「내 이야기는 허공으로 날아가 구름에 묻혔다」를 듣는다. 이별의 노래다. 제작은 봉식통신판매, 프로듀서 김오키, 작곡 김오키, 피아니스트 진수영, 더블베이스 정수민, 트럼본에 브라이언신, 보컬에 서사무엘이 가담했다. 이 곡은 비감의 정서가 지배적이다. 그는 여자친구에게서 영감을 얻는다고 고백한다. 그러나 깊은 밤에는 그의 「허공」(「내 이야기는 허공으로 날아가 구름에 묻혔다」)을 듣지 않는 게 좋다. 자던 잠 깨우고 곰곰 듣게 되는 곡이다. 아마도 이런 정서의 가닥이 개돈만스키가 울궈내는 한국적 재즈이거나 그의 음악이 아닐까 싶다. 그의 앨범은 봉식통신판매에서만 구입할 수 있고, 온라인에서는 을지로 우주만물과 신도시, 연남동 김밥레코드에서 구할 수 있다고 한다. h는 을지로부터 나가게 될 것이다. 어디선가 그는 자기 앨범 사달라고 말하면서 덧붙였다. 제 앨범 좀 구매해주시면 댁에 평안과 류마티스, 관절염, 오십견, 3대, 6대, 7대까지 복 있으실 겁니다. 요컨대, 제멋대로다. 이론적 해석에 골몰하는 한국 인문학이 강사로 대우할만 하다. 「실직폐업이혼부채자살휴게실」의 노랫말은 아래와 같다. 한국시는 이 자리에 없었다.

사람이 있다

어렵게 어렵게 취직을 했다

결혼을 한다

계절이 몇 번 바뀐다

실직을 했다

어렵게 치킨집을 열었다

손님이 없다

계절이 뒤죽박죽이었다

폐업을 했다

공기가 엉망진창이다

이혼을 한다

썩거나 타들어갔다

부채는 많다

쓸 돈이 없다

전등이 있다

환하다

바다에 간다

크고 아주 길게 숨을 들이킨다

파도를 본다

크고 길게 숨을 내뱉는다

자살을 한다

그 사람의 친구 중

한 명이 빈소에 있다
육개장을 가끔 떠먹으며
소주를 들이부었다
그 사람의 친구 중
한 명은 너무 취했다
빈소를 빠져나왔다 걸었다
간신히 가로수를 붙잡고
비틀거리며 오줌을 눈다
휴대폰 배터리는 나갔다
별이 반짝인다
그 사람의 친구 중
한 명은 혼잣말한다
병신아 병신아 죽긴 왜 죽어
죽긴 왜 죽냐고

소설을 쓴다면서

h는 지금 한 편의 소설을 쓰는 중이다. 그런데 소설이라기보다 소소한 잡사로 빠져나가고 있다. 헤매는 중이다. 그래도 h는 이 글쓰기를 소설쓰기라고 단정한다. 소설이란 무엇인가. 아주 옛날에 읽었던 정비석의『소설작법』이 생각난다. 지금 그 책을 찾아서 읽을 수는 없다. 하루키의『직업으로서의 소설가』를 참고할 수도 있고, 존 가드너의『장편소설가 되기』를 꺼내볼 수도 있겠다. 그보다는 나보코프의『창백한 불꽃』을 끝까지 읽어야 겠다. 무엇이 되었든 h가 쓰는 이 소설은 독자가 없다. 독자는 작자뿐이다. 완전히 안전한 소설이다. 외로운 질주이자 고독한 타이핑이다. 무릇 소설이라면, 상식적으로, 인물이 있고, 구성이 있고, 서사가 흘러야 한다. 이 소설은 그런 것과 무관한 진공 속에서 진행된다. 거의 소설이라고 볼 수 없는 지점만 골라 딛고 있다. 그렇다고 실험적인 새로움이 시도되고 있는 것도 아니

다. 계보도 계통도 없으니까 족보가 없는 셈이다. 어쩌면 우리는 이미 소설화된 세상을 단순히 살고 있다. 누군가 써놓은 소설 속의 주인공인 듯 살아간다. 문학은 소년이 뒤에 늑대가 없는데도 늑대가 나타났다고 외친 날 태어났다. 누구 말인지 잊어버렸다.

소설가들이 털어놓는 얘기들 중에는 소설을 궁리하고 구상하는 과정은 행복하지만 그것을 써나가는 과정은 괴롭다는 대목이 있다. 상상의 세계를 노동으로 실현하는 게 고역이라는 뜻일 게다. 이런 고백들이 일말의 진실을 담고 있다면 그것은 소설이라는 장르가 안고 있는 하나의 특성을 보여주는 대목이다. 말하자면 소설가가 자신이 쓸거리를 이러저리 굴리면서 생각하는 단계는 현실이 아니라 작중 현실이다. 이렇게저렇게 꾸며보는 것이다. h는 이 대목을 언제나 수상하게 생각하고 있다. 이미 충분히 허구인 현실을 다시 허구적으로 재구성하는 노동은 허망하다. 일종의 반소설적인 발상이라고 하겠다. 소설가들의 영업을 훼방놓자는 뜻은 아니지만 아무튼 돌맞을 발언이기는 하다. h 생각이 그렇다는 정도다. 그것은 마치 시가 멋있는 말들을 고르고 멋있는 의미를 문장에 담는 것으로 여기는 것과 다르지 않다. h가 보기에 한국시의 중심부가 다 거기에 걸려서 헛바퀴를 돈다고 본다. 그 단적인 예를 들자면 최근 발간되는 시집들의 제목을 보면 이런 h 생각은 더 뚜렷해진다. 제목만 볼 때 거기에 뭔가 있을 듯 하다. 모든 제목이라는 게 늘 그렇지만 자극적이거나 본질과 무관하게 화려하다. 인터넷을 통해 체화된 낚시용 문장들이 시집의 제목을 채운다. 『김소월 시집』 이런 제목이 솔직하지만 시인이나 독자나 출판사가 그것을 수용하지 않을 것이다. 우리는 이미 많이 들려 있고, 떠 있다. 그렇게 떠 있는 허공 속으로 h는 들어간다.

이 소설은 더 갈 데가 없을 때까지 가 볼 일이다. 갑자기 등 뒤에서 누군가가 나타나서, 여기서 이러시면 안 된다고, 막아설 때까지 가 보는 거다. 그냥 쓰는 거다. 말하자면, 소설인 척 하는 거다. 그게 지금 h 삶의 대안이기 때문이다. 이쯤에서 저장 키를 누르려다가 창작에 매진할 최선의 여건은 배우자에게 얹혀사는 것이라는 존 가드너의 말이 떠올라서 그 대목을 인용해둔다. h는 소설가는 아니고, 소설가가 될 리도 없으면서, 단지, 얹혀살 았던 젊은 시절의 경력이 생각나서 웃고 지나간다. 예상되는 반론에도 불구하고 배우자나 애인에게 기대어 사는 방법은 탁월한 생존 전략이다. 사업가 중에는 아내나 애인의 예술적 성취에서 더없는 기쁨을 얻을 사람도 있다. 마찬가지로 여성들은 냉소적인 사람들에게는 병적으로 보일지 몰라도, 예술가 남편이나 애인의 작업을 후원하는 일에서 자긍심과 만족을 느낀다. 그렇다고 작가가 누구 피를 빨아먹을까 찾아다니는 뱀파이어라는 소리는 아니다. 다만 순수한 동기에서 자기 작업을 기꺼이 밀어주는 누군가와 함께하는 작가인 그 또는 그녀는, 관습적인 도덕률을 떨치고 주의 은혜를 받들어 그의 권능 아래 사랑하는 이의 인자함에 값할 수 있도록 분골쇄신할 일이다. 여기까지는 존 거드너의 책『장편소설가 되기』221쪽에서 인용했다. 영어 원문은 어떤지 모르겠으나 마지막 '분골쇄신'에서 h는 웃었다. 아무튼 배우자나 애인의 녹을 먹고 사는 그녀 또는 그는 분골쇄신해서 글을 쓸 일이다. 세상은 보이지 않는 손에 의해서 혹은 사주팔자에 의해서 공정성이 유지되는가 보다. 사주팔자는 運七技三.

도망친 여자

● ●

남편이 출장을 간 사이 '감희'는 세 명의 친구를 만난다. 두 명은 그녀가 그들의 집들을 방문한 것이고, 세 번째 친구는 극장에서 우연히 만났다. 우정의 대화가 이어지는 동안, 언제나처럼, 바다 수면 위와 아래로 여러 물결들이 독립적으로 진행되고 있다. 인터넷에 떠오른 24번째 홍상수 영화 「도망친 여자」의 시놉시스다. 제 70회 베를린국제영화제 경쟁부문에 초청됐다는 기사도 동시에 떴다. 국내 개봉은 3월 이후가 될 것이다. 홍상수 영화의 개봉소식은 h의 일상을 흔드는 일이다. 대개의 사람들에게 홍상수 영화는 이미 하나의 고정관념이 되어 있다. 영화를 보지 않고도 어떤 영화일 것이라는 짐작을 할 정도가 되었다. 그것은 이해의 차원과는 다르다. 어떤 상습적 이해라고 봐야 한다.

이런 영화는 나도 찍는다. 이게 영화냐. 이런 반응에 적극 호응하는 게 바로 홍의 영화문법일 것이다. 이렇다 할 서사가 없음이 서사이고, 이렇다 할 미장센이 없음이 바로 미장센이다. 대체로 홍의 영화는 그 영화 같지 않음이 관객을 심히 불편하게 혹은 불쾌하게 만든다. 우리는 이미 우리 곁에 늘 와 있는 실재를 외면한다. 홍상수는 불청객 같은 실재를 불러들여서 우리 앞에 던져놓는다. 배우들이 나누는 대사는 너절하거나 개똥철학적인 말들인데 그 말들은 다분히 정신분석학적이다. 사태와 언어의 어긋남이 빚어내는 매혹적인 말들이다. 팍티스와 언케니는 홍상수 영화를 위한 말이라도 해도 과언이 아니겠다. 작위성과 낯익지만 낯설은 세계. 현실은 일관성, 필연성, 가독성에 기반한다. 언케니는 비일관성, 환각성, 작위성, 어긋남, 난포착성을 특징으로 삼는다. 언어에 담기지 못하고, 담길 수 없는 채 현실의 질서로부터 빠져나가는 것. 그것만이 시다. 그렇게 불러야 하지 않겠는가. 조용히 우리들 내부에 들어와서 격렬하게 우리의 현실을, 질서를, 관념을 뒤흔들어놓는 것이야말로 시다. 그래서 홍의 영화는 우리가 간직하고 싶고, 밑줄 긋고 싶은 현실을 눈앞에서 훼방놓고 부숴버린다. 교양주의와 고정관념을 일거에 격파해버린다.

밥 딜런이 노벨문학상을 받았다는 것은 이 대목에서 꽤 암시적이다. 「도망친 여자」라는 제목도 소소한 도발이다. 영화를 보기 전에 영화를 상상하지는 않겠다. 내게 있는 도망친 여자 이미지는 다른 남자와 눈이 맞았다던가 빌린 돈 갚지 못해 달아난다는 정도다. h가 생각해도 아주 현실적인 개념이다. 다시 말해서 이것이 현실이다. 이해 가능하고 납득할 수 있는 것만이 현실이다. 그런데 우리의 이해를 넘어서는 일들은 현실로 등록되지 않고 현실의 뒷면으로 넘어가 숨는다. 홍상수 영화가 그러하다. 우리가 기대는 현실원리를 배신한다. 대개의 사람들에게서 외면당하는 이유도 거기에 기인한다. 자기 앞에 갑자기 자기도 몰랐던 진실을 들이댔을 때 느끼는 황당함, 놀라움, 짜증남, 열받음, 수치스러움, 부끄러움 등등. 도망친 여자는 돌아올까? 이 글을 쓰면서 한 생각이 올라와서 인용한다. 이것이 시인지 아닌지는 h가 알 일은 아닌 듯.

봄이 오면
협궤열차를 타고
멀리 떠나고 싶을까
나도 모를 일이지
근데 협궤열차는 없어졌다지
그게 무슨 상관이겠어
걸어서 가면 되지
봄이 오지 않으면 어쩐다니
별 걱정을 다 하시는군
봄이 오지 않는다면
작년 봄을 생각하면 되지

시를 쓰던 봄밤을 생각하든가

벚꽃 지던 상계역 호프집을 떠올리든가

공천에서 탈락한 3선의원을 위로하든가

천국으로 도망친 여자를 불러보든가

정부에 창작지원금을 신청해보든가

라산스카를 검색해보든가

끝으로 하나 더

카페라떼를 쪼옥 빨아보시든가

급진주의자

이제 쯤, 여기서 소설 속 인물 하나를 소개한다. 그는 말하자면 h의 오랜 문학친구라고 하겠다. 고교시절 문학동인지를 같이하면서 문학에 입문한 친구다. 대학은 서로 갈라졌지만 그는 일찍 시인으로 등단했고, 공부를 계속하여 수도권에 있는 대학에서 교편을 잡았다. 칠판을 등지고 학생들에게 문학사와 1930년대 한국시를 가르치는 것이 그의 주 전공이었다. 강의하고, 채점하고, 논문 쓰고, 이런저런 학회에 얼굴을 내밀면서 정년에 이르렀다. 그 중 공들이는 게 시를 쓰는 일이었다. 그는 자기를 본무(本無)라고 자칭한다. 그 말을 좋아했다. 아마도 그 말의 연원이 그가 기대는 세계관일 수도 있다. 언젠가 그는 묻지 않은 말을 했는데 그게 본무자성(本無自性)이었다. 불교에서 온 말인 것 같은데 나는 나라고 할 만한 본질이 없다는 정도로 이해한다. 그 후로 h는 그를 본무로 부른다. 그가 대학을 그만둔 후로 이런

저런 근황을 h는 잘 알고 있는 터였다. 본무는 수유리 근처에 낡고 비좁은 아파트 한 채를 빌어서 작업실로 쓰고 있었다. 작업실이라는 용어가 적당한지는 모르겠다. 본무 자신은 놀이방이라 부른다. 그는 놀이방에서 책도 읽고, 글도 쓰고 그러면서 소일을 하겠다고 선언했다. h가 보기에 그리고 그를 아는 지인들이 보기에도 무난하거나 적절해보이는 액션이다. 북한산을 오르기도 가까운 거리였다.

두 번, h는 그를 만나러 그의 놀이방에 갔다. 아파트는 재건축을 기다리는 5층짜리 아파트였고, 그의 놀이방은 2층이었다. 아파트의 형편은 그렇지만 등산로를 끼고 있어서 주변환경은 괜찮은 편이었다. 등산객들을 위한 호젓한 음식점들이 있는가 하면 멋을 부린 카페나 식당들도 여럿 보인다. 대충 그의 놀이방을 둘러보고 둘이는 등산로를 따라 올라가다가 적당한 곳으로 들어간다. 돼지부속을 파는 집인데 소주를 마시기엔 그럴 듯 했다. 우리는 오래 산 부부처럼, 오래 같이 살아야만 알 수 있는 속내를 알고 있다. 그의 고민을 내가 알고, 나의 번민은 그가 안다. 그것은 가끔 그러나 많이 어긋나기도 한다. 속내를 잘 안다는 말은 취소되어야 할지도 모른다. 만나면, 우리는 주로 각자의 문학에 대해 주장하지만 그것은 안주거리 수준을 넘어서지 않는다. 서로의 의견을 들어주는 선에서 타협한다. 시에 옳고 그름이 없다는 데 합의하고 있기 때문이다. 본무는 기본적으로 냉소적인 인간이다. 그 점은 본무의 장점이자 단점으로 작동한다.

본래 냉소적인 유전자를 가지고 태어났는지 아니면 냉소적 인간으로 변해왔는지는 모른다. h가 보기에 두 가지가 적당한 선에서 배합된 것이라고 보여진다. 그의 시는 단순하다. 언어도, 문장도, 형식도, 구조도 단순하다. 미니멀리즘이라고 부를만 하다. 그런 시를 좋아하는 약간의 독자도 존재한다. 비평적 입장에서 볼 때 본무의 시는 시적인 고뇌의 양이나 순도가 적어 보인다. 오랜 친구인 h에게도 그의 시는 그렇게 보인다. 단순성은 고평될 소지도 있지만 비평에 호소하지 못할 소지도 다분하다. 본무의 시는 후자에 속한다. 본무 자신은 단순성이 시의 충분한 입장은 아니지만 그런 시도 있을 필요가 있다는 생각이다. 그는 자신의 이런 문학관을 크게 긍정하지도 않지만 부정하지도 않는다. 이런 태도는 동료 시인이나 선후배 시인들의 시를 대할 때도 공평하게 적용된다.

h는 본무가 누구의 시를 고평하는 것을 본 적이 없다. 그의 입장은 이렇다. 그저 각자 자신의 시를 쓸 뿐인데 고평하고 저평할 일은 아니다. 다시 말해, 잘 살았다, 못 살았다는 평가의 잣대가 있을 수 있느냐. 시는 소설과 다르게 특히 그렇다고 본다는 것이 본무의 강력한 입장이다. 혹자는 그의 생각을 거칠고 비세련이라고 타박할지도 모르겠다. h도 실은 조금 그런 입장이다. h의 경우는 현실을 인정하고, 문학사도 인정하자는 쪽이지만 본무는 h의 생각에 성실하게 동의하지 않는다. 그 점으로 보자면 그는 문학원리주의자이면서 낯선 급진주의자다. 그의 삶을

괴롭히는 요점이기도 할 것이다. 그날, 그 돼지부속집에서 이런 저런 핑계를 달고 모처럼 과음했다. 본무가 먼저 말길을 텄다.

"별일 없고?

"그렇지 뭐. 아까 놀이방 보니까 한동안 쓸쓸하게, 화려하게 잘 지내겠던데."

"다른 이들은 집필실, 작업실, 공부방이라 부르더군. 나한테는 다 쑥스러운 이름이지. 그래서 놀이방을 고안해냈지. 주제를 알아야지. 평생 선생하면서 배운 게 그거 하나야. 주제파악을 하자."

"공감해야 하나?"

"퇴직한 소감 같은 거 있을까?

"자네도 퇴직, 나도 퇴직. 소감은 소감이 없다는 정도지."

"어제, 계간지 시 청탁 받았는데, 편당 3만원 주겠다네."

"3만원짜리 주면 된다."

"저렴한 원고료를 바탕으로 한국문학이 복무하고 있는 건가?

"그 돈마저 국민이 낸 세금이겠지."

"국민들 착한 거지?"

"세금이 쓰이는 용도를 알면 화 많이 나겠지. 제일 웃기는 건 잡지사 사정이 어려워서 원고료를 정기구독으로 대체하겠다든가 아니면 아예 입 쓱 닦겠다는 태도야. 지금도 그 근성들 남아 있잖아. 하긴 그거 다 어디서 배웠겠어."

"실제로 어렵잖아. ㅎㅎ"

"그러면 문을 닫아야지. 안 그래? 한국사회의 발전단계와 정확하게 대응하는 거겠지. 인권, 노동의 문제와 직결되는…."

"그래도 그런 쪽은 많이 개선되었다."

"많이 와 충분히는 다르잖아. 다른 얘긴데 국영티비가 송출하는 프로그램 중에 아직도 있는지 모르겠는데, 열린음악회, 전국노래자랑 이런 프로그램이 국민들의 정서를 어떤 시대에 묶어놓고 있잖아. 신춘문예도 그 꼴이고. 한마디로 웃기는 거지. 웃기는 거야."

"신춘 폐지하자는 얘기는 그저 수사학이지. 그런 주장하는 사람 따가 된다. 정답은 없어지는 것. 나도 크게 동감. 자, 한잔."

"하나의 틀을 만들어놓고 문청들을 그리로 몰아넣는 방식이 왜 없어지지 않는지 모르겠음. 시인들은 거기에 저항해야 하는 거 아니겠어? 기성문인은 나는 심사에 참여하지 않겠다. 문청들은 이제 신춘에 응모하지 않겠다. 이런 운동은 적어도 20세기에 일어나고 완결되었어야 하는데 딱한 거지."

"재밌군. 문학이 한국의 민주화에는 기여했지만 정작 자기 문제에 대해서는 게을렀다는 얘기가 되는구만. 우리가 한국문학을 모두 걱정할 일은 아니다. 문학은 그런 시궁창 속에서 꽃 피는 거라고 생각해. 시궁창일수록 더 화려하게."

"모처럼 자네가 시인처럼 말하는군. 대한민국은 충분히 시궁창스럽잖아."

"너무 비하한다."

"어떤 문제는 과장했을 때만 실체가 겨우 보이거든 흐흐."

"올해 신춘 당선작들 좀 봤어?"

"대충 봤는데, 나의 소감 몇 가지만 얘기해도 될까?"

"깔려구?"

"이제는 깔 여력이 없다. 되도록 까지 않으려고 노력 중."

"나도 몇 편 봤는데, 모르겠더라. 나의 시대가 거했다는 배달 증명 같았음."

"동감. 우선, 당선시들이 읽히지 않았어. 이 대목은 매우 중요하게 봐야겠지. 문학사적인 전환으로 읽으면 되겠지. 21세기적 징후. 시는 본래 읽히지 않도록 고안된 돌출물이야. 술술 읽히는 시를 항상 의심해야지. 자네와는 생각이 좀 다르겠지만 말이야. 나야, 이러다가 독자들의 피로감에 밀려서 시가 갑자기 쉬워질까 봐 걱정이다. 그건 퇴보야 퇴보. 1960년대에 쓰여진 난해시의 반동으로 1970년대의 쉬운 시들이 등장했잖아. 나는 그런 시들이 독서대중을 끌어들였다는 사실을 부정하지 않지만 더 이상의 가치에 대해 긍정하는 건 아니다. 거기까지다. 쉬운 시라는 말 자체가 문제적이고 모순이지만 하여튼. 쉬운 시라는 말은 시를 쉽게 보는 태도로까지 확산되었다고 봐."

"그럼? 계속 시가 어려워져서, 난수표같이 되어야 한다는 말이잖아, 지금 자네는."

"사태와 언어가 일치할 수 없잖아."

"사태에서 언어를 마이너스한 차액이 시라고 생각하는 게 자네니까."

"지금 한국문학을 횡단하고 있는 시들에 대해서는 부정적이다. 그 시들의 대부분은 학원수강용 시라는 데 문제가 있다. 서툴거나 억지를 부린다는 거지."

"내 생각으로는 심사위원들의 연령대를 대폭 하향해야 한다고 보지."

"지금 많이 그렇잖아. 아직도 노인들이 심사를 하기는 하두만."

"연령대라는 말은 어폐가 있다. 내 말은 등단 5년차 이하자에게만 심사위원에 위촉하는 거야. 어때?"

"그거 혁신적이다. 그러면 국가인권위원회에 제소하거나 인터넷 국민청원이 쇄도할 걸."

"등단 제도의 대안으로 기획사 시스템을 도입할 때도 되었다. 작가를 관리하는 차원만이 아니라 등단부터 책임지는 문학기획사가 필요하다. 그건 그렇고, 시는 좀 쓰는 거야?"

"질문이시구만. 시는 역시 20대의 산물이야. 관성처럼 나쁜 게 있겠나. 20대가 불가피하게 지녀가졌던 열정을 20대 이후의 관성으로 이월시키는 시는 시가 아니더라. 그치 않어? 20대 이후에도 시적 열정을 지속한다는 거 그거 기적 아닌가? 기적!"

"본인 얘기지?"

"그렇다."

"너무 엄격한 척. 대충해 대충."

"대강 철저히! 자, 들게."

늘 행복하세요

우편함에서 우편물을 꺼내왔다. 시집이다. 발신인은 모르는 사람이다. 모르는 시인에게서 시집을 받는 마음은, 이제는, 복잡하다. 시집을 펼쳐서, 시인의 말을 읽는다. 두 문장인데 아무런 감이 오지 않는다. 시인 자신에게 돌이키는 문장이다. 목차를 훑어본다. 목차만 먼저 읽는 재미가 있다. 목차만 읽고 마는 시집도 있다. 목차가 감각적이고, 독자를 건드리는 힘이 있어야 한다는 뜻도 있지만 대개는 그런 것에 속기 쉽다. 오늘 받은 시집의 목차는 학원에서 교습받은 인상을 준다. 이런 게 시다. 이렇게 써야 시다. 이런 시가 새로운 시다. 이런 저렴한 강박을 지속하고 있는 제목들로 채워진 시집이다. 읽고 싶지 않은 편견을 자극한다. 물론 경솔한 교만이다.

시를 읽거나 쓰는 일에는 일정량의 교만이 동반된다. 그것은 시를 떠받치는 자존심이다. 요리에 소금이 빠질 수 없는 이치와

얼추 비슷하다. h는 시집 봉투에 인쇄된 전화번호로 문자를 쓴다. 동업의 윤리감과 시집 접수 확인용이다. 옛날 같으면 정성어린 서한으로 대신했을 것이고, 몇 년 전만 해도 전자메일 정도는 썼어야 한다. 이제 그런 일은 저렴하고 누추한 노릇이다. 생면부지의 상대에게 전화를 거는 것도 일종의 폭력이 되기 쉽다. 핸드폰 문자는 그 점에서 깔끔하다. f시인님, 시집 잘 받았습니다. 어떻게 나한테까지 시집을 보낼 생각을 하셨는지요. 시집 장정이 눈에 띕니다. 늘 평안하시길. 시를 읽기 전이므로 시에 대해 언급하는 것은 적절하지 않다. 건필하라는 덕담도 삽입하지 않았다. 그렇게 말하지 않아도 건필할 듯 하고, 지방정부의 지원금도 타낼 것이라는 예감이 온다. 목차 독서만으로도 충분하다고 생각하면서 시집을 던져놓는다.

이런 생각은 역지사지해야 공평하다. h 시집도 어디선가는 문전박대를 당할 것이다. 시집은 다 그런 거야. 이렇게 퉁 치고 나면 편안해지는가. 김소월이 말한다. 시집은 다 그런 거야. 이어서 김종삼도 말한다. 시집은 본래 다 그런 거야. h도 말한다. 요즘 시집은 다 그렇습니다. 김소월과 김종삼이 동시에 힘을 합쳐 h를 돌아본다. 죄송합니다. 내 말은 취소합니다. 한 시간쯤 지났을 때 f시인의 문자답이 왔다. 답장해주셔서 고맙습니다. 늘 행복하세요.

v시인을 찾아서

● ● ○

시인을 인터뷰하는 소설을 생각해본 적이 있다. 생각만 해봤을 뿐이다. 인터뷰라는 형식이 상상시켜 주는 생생함 때문이었을 게다. 어떤 말도 문자로 번역되는 순간에는 발화자의 질감을 상실하게 된다. 어떤 말도 청자에게 원본으로 도착할 수 없는 이유다. 그럼에도 불구하고, 서술자가 일방적으로 서술하는 형식보다는 '나는 이렇게 들었다'는 형식이 주는 설득력은 꽤 있다. h가 생각했던 인터뷰 소설은 h가 상상하는 가상의 시인을 찾아가서 그와 이야기를 나누는 형식이다. 이런 소설이 있었는지는 모르겠다. 있어도 상관이 없다. h는 그저 한 시인의 일상과 상상을 있는 그대로 적어보고 싶은 열망을 간직하고 있다.

시인의 나이는 70대로 설정한다. 그 이상이어도 상관은 없다. 그 정도라면 자기 장르에 대해서 허심탄회하지 않을까 싶기 때문이다. 시와 시에 대한 경력이 상관이 있다고 생각하는 것도 일종의 미신이기는 하겠다. 그러나 고희 부근의 연령대라면 시에 대한 입덧은 대충 소진되었을 것이다. 그 정도면 등단 몇 주년을 헤아리는 시집을 내면서 살 시기다. 아직 덜 늙었다고 생각하는 시인들은 페이스북 같은 곳에 시를 올리면서 창작열을 불태우기도 한다. 불태운다는 말은 딱 한 번 이런 경우를 위해 필요한 비유적 표현이다. 아무튼 환갑 이후에도 자기 갱신의 길에 들어선 시인이 있었던가. 문단과 이해관계가 없는 변두리 시인이어야 한다. 인사이더는 문학적으로 많이 오염되었다. 마치 자기가 시인인 듯이 살고 있다는 것은 시인이라는 개념에 속고 있다는 뜻이기도 하다.

그리고, 어느날 문득, 이 소설은 전개된다.

촉촉이, 비가 내리던 날이다. h는 자기가 설정한 시인을 만나야겠다는 결심으로 그에게 전화를 건다. 그는 서울에서 두 시간 거리에 있는 소도시에 머물고 있었다. h는 그와 약속을 잡는다. 당분간 지방에 머물겠다는 그의 사정을 감안해서 h가 움직이기로 한다. 마침 그 지방에서 교편을 잡고 있는 후배 교수를 같이 엮어서 약속을 잡는다. 그는 자신의 모교에서 후배들에게 소설 쓰는 법을 가르치면서 생계를 이어간다. 소설가는 h의 제안에 흔쾌히 응해주었고, 제 시간에 맞추어 ktx역까지 마중을 나와서 h를 픽업해주었다. 고마웠다. 역에서 약속장소까지 이동하는 동안 h는 자신의 발상에 대해 소설가에게 충분히 설명한다. 우리가 만날 시인을 v라고 하자. 소설가는 v시인의 존재는 알고 있었지만 면식은 없다고 한다. 그는 오늘 만남의 참고인이 되어주겠다고 하면서 기꺼운 표정을 짓는다. v시인을 만나기로 한 장소는 역에서 이십여 분 거리에 있는 작은 항구다. 항구 주변에 주차했을 때는 오후 두 시 반을 지나가는 시간이다. 두 사람은 어판장 주변을 산보하듯이 걷는다. 약속시간보다 조금 이른 시간을 보내면서 숨을 고른다. 항구에는 작은 고깃배들이 파도결에 출렁댄다. 기름때와 부유물이 어지럽게 떠다니는 바다에 낚시를 드리우고 있는 낚시꾼도 보인다. 고양이 두 마리가 낚시꾼의 자비를 기다리며 다소곳한 모습도 눈에 잡힌다. 항구는 출항하는 배도 귀항하는 배도 보이지 않는다. 휴업 중인 항구 같다. 어부들의 브레이크 타임인지도 모른다. 소설가는 정신의 여백 같은 것을 만들고 싶을 때면 이곳을 찾는다고 한다. 일종의 자기 격리라고 말하면서 쑥스러운 듯이 그는 웃는다. h도 전염된다. 그 웃음이란 '그래서, 그래가지고'와 같은 서사를 다루는 사람의 것이라기보다는 서정물을 만지는 사람의 것이라야 어울린다. 그 어색한 부조화가 더 우스웠다. 먼 바다에서 달려온 파도가 소설가와 h의 웃음을 지우면서 분위기를 전환하려는 듯이 테트라포드 사이에서 요란하게 부서진다. 소설가가 몇 발 앞서면서 약속장소를 향해 걷는다. 그나 h나 v시인과의 약속을 기대하면서도 그 순간을 의도적으로 유예시키는 느낌이다. 마음 속에 왠지 모를 미세한 역풍 같은 것이 불어온다는 뜻인가.

저 집입니다. 소설가가 가리키는 집을 본다. 3층이고 약속장소는 2층이다. 밖에서 보자면 주변 상가건물들과 타협한 듯한 소담한 개념으로 만들어진 건물이다. 둘은 아무렇지 않은 표정을 짓고 있는 2층으로 올라갔다. 카페에는 50대 초반의 남자가 카운터에서 폰을 주무르고 있다가 손님을 맞는다. 실내의 벽에는 시집과 문예지들이 꽂혀 있다. 상업공간에 문예지들을 전시하는 주인들의 세계관은 무얼까? 이 도시를 배경으로 활동하는 문인들의 작품집들이다. 창가에 자리를 잡았고, 주인인지 종업원인지 모를 남자가 와서 주문을 받아간다. 유리창 저 멀리로 바다가 보이고, 바다 안쪽이 항구이고, 카페와 항구 사이는 옹졸한 2선 도로가 지나간다. 제 단골입니다. 근데 v선생님은 어떻게 여기를 아셨을까요. 용하십니다. 소설가의 말에 h가 토를 달았다. 누가 소개해줬겠지. 그러게요. 커피가 왔다. 예가체프 두 잔. 드셔보셔요. 이 집 커피 맛있습니다. 소설가의 말은 헛말이 아니었다.

"v선생님 늦어지시네요." 커피를 내려놓으며 소설가가 말한다.

"오시겠지." h가 짧게 말한다.

"저는 v선생님 시를 거의 다 읽어온 독자입니다. 소설가가 말한다.

"팬인가?" h가 말한다.

"팬이라면 팬입니다." 소설가가 말한다.

"충성스런 독자야. 쉬운 일은 아니잖아. 안 그래?" h가 말한다.

"장르는 다르지만 제게는 그게 일종의 프로젝트입니다. 한 시인을 끝까지 읽어보자." 소설가가 말한다.

"굿. 보기 드문 프로젝트야. 소설은 잘 돼 가?" h가 말한다.

"재미없습니다." 소설가가 말한다.

몇 년 전에 읽었던 소설가의 장편이 떠올랐다. 아내와 이혼한 젊은 남자의 방황을 다룬 소설이다. 이혼을 고통스럽게 받아들이는 게 아니라 이혼을 결혼처럼 하나의 입사식으로 받아들이는 주인공의 생각이 잔잔하게 전개된 소설이다. 시인과 소설가가 마주앉으면 사실 별로 할 얘기가 없다. 시인끼리 마주 앉으면 더 할 얘기가 없다. 소설가들은 동업의 연대의식 같은 게 작동하는 모양인데 시인에게는 그런 게 없다. 그게 시인의식이다. 다시 말해 시인은 다른 시인의 시에 공감하지 않는다는 말이다. 비평적 대상을 넘어서서 학문적 대상이 된 시인의 경우는 예외가 된다. 그는 이미 오래 전에 죽었고, 분석에 값할만한 문학적 가치를 부여받았기 때문이다. v선생님, 많이 늦어지시네요. 소설가는 항구를 내다보면서 말한다. h는 또 그런 소설가를 바라본다. 소설가는 마법사다. 무엇이든지 현실을 뚝딱거려서 다른 현실로 만드는 솜씨를 가진 이가 소설가라 생각하던 소년시절의 관점은 h에게 아직 유효하다. 그 생각에 미치자 h도 모르게 빙긋 웃고 만다. 왜 웃으세요. 소설가가 h를 쳐다보며 말한다. 왠지 h 앞에 앉은 소설가도 자기 소설의 주인공을 닮아서 이혼했을 것 같다. 그러나 묻지는 않는다. 소설은 현실이 아니다.

"참, 저번에 내신 시집 잘 읽었습니다." 소설가가 말한다.

"읽었다니 고맙군." h가 말한다.

"반응 좋지요?" 소설가가 말한다.

"반응 좋다." h가 말한다.

"그럴 거예요. 요즘 누가 시를 읽어요." 소설가가 말한다.

"읽는 사람도 있는 모양이야." h가 말한다.

"저도 그런 소리 듣긴 했습니다." 소설가가 말한다.

"소설 쪽은 좀 나은가?" h가 말한다.

"소설도 같습니다. 제 소설집 나왔을 때 리뷰 하나 없었습니다. 책 보내면 받았다는 카톡은 몇 개 돌아오지만 그 사람들도 소설은 읽지 않습니다." 소설가가 말한다.

"그래도, 그럴수록 써야지." h가 말한다.

"지쳐도 되는지 모르겠어요." 소설가가 말한다.

"시의 경우는, 근면·자조·협동이라는 새마을운동의 슬로건이 새마을운동시절보다 더 새마을운동답게 벌어지는 곳이 작금의 문단 같어." h가 말한다.

"그런 바람에 시의 시적 가치는 깨끗이 증발했습니다." 소설가가 말한다.

"이 집이 지역문인들의 출입처 같은데?" h가 말한다.

"네, 뭐 이런저런 모임과 행사들이 자주 열립니다." 소설가가 말한다.

"시낭송회, 독서모임, 음악회 이런 거?" h가 말한다.

"어떻게 아세요?" 소설가가 말한다.

"저기 배 한 척 들어오는군. 그 뒤에 한 대 더 있군." h가 말한다.

어느 새 두 사람이 카페 안에서 보낸 시간이 한 시간을 넘어서고 있다. 여전히 카페에는 주인인지 종업원인지 모를 남자와 소설가와 h뿐이다. 가끔 우리의 대화를 주인인지 종업원인지 모를 남자가 엿듣는 듯 했다. 그렇다고 속닥거릴 수도 없는 노릇이었고, 이렇다 할 기밀을 나누는 것도 아니라서 신경쓰지 않는다. 주인인지 종업원인지 모를 그 남자가 테이블로 와서 리필이 필요하냐고 물었다. 잠시 후 주인인지 종업원인지 모를 그 남자가 커피 두 잔을 새로 테이블에 올려놓는다.

"v선생님 안 오시려나 봐요." 소설가가 조심스럽게 말한다.

"글쎄." h도 조심스럽게 말한다.

"본래 v선생님은 이런 데 잘 나오시지 않는다고 들었어요." 소설가가 말한다.

"약속했으니까 오시겠지." h가 말한다.

"v선생님의 저저번 시집 제목이?" 소설가가 머뭇거리며 말한다.

"마치 살아있다는 듯이." h가 말한다.

"맞아요. 그 시집. 군더더기 텍스트가 없더군요, 시인의 말, 해설, 표사." 소설가가 말한다.

"국내 처음인 것 같던데…." h가 말한다.

"시집마다 붙어있는 해설이라는 거, 그거 시집 독후감인데 시집 뒤에 붙어서 끝까지 시집을 왜곡하지. 아마 v시인은 그런 게 싫었던 모양이야." h가 말한다.

"들어보니 유명 필자에게 해설을 받으려고 줄을 선다더군요." 소설가가 말한다.

"몰라. 난 v시인의 그런 독자노선이 좋더군." h가 말한다.

"심지어 v시인의 시집 중에는 독립출판사에서 낸 것도 있습니다. 자신감이거나 문단을 향한 저항심일 겁니다." 소설가가 말한다.

"문학은 언어가 가리키는 사물이 아니라 언어 그 자체다." h가 말한다.

"그거 혹시 라캉의 말인가요?" 소설가가 말한다.

"지금 내가 한 말이잖아. 하하하. 사실은 피터 한트케의 소설 『패널티킥 앞에 선 골키퍼의 불안』의 뒷표지에서 본 글이야. 있어 보이잖아." h가 말한다.

"재수없는 놈, 그 옛날에 벌써 그런 생각을 하다니." 소설가가 말한다.

"충분히 재수없지." h가 말한다.

"우린 아직도 서정주나 김수영 발성법을 반복하고 있습니다." 소설가가 말한다.

"손가락으로 달을 가리키면 달을 봐야 하나 손가락을 봐야 하나. 그것이 문제." h가 말한다.

"v선생님은 안 오시려나 봐요." 소설가가 말한다.

"고도가 되기로 했나." h가 말한다.

"벌써 두 시간이 지났습니다." 소설가가 말한다.

"오고 말거야." h가 말한다.

"고도면 못 오는 거잖아요. 안 오시면 요 뒤에 가서 매운탕 드세요." 소설가가 말한다.

"올 거야. 기필코. 아무나 고도인 건 아니다." h가 말한다.

"부지하세월이네요." 소설가가 말한다.

"부지하세월." h가 소설가의 말을 반복한다.

그때, 뱃고동 한 소절이 습작시처럼 울고 간다. 환청인가?

시인의 본명

「초혼」을 쓴 김소월은 김정식이 본명이다. 김정식으로는 「산유화」를 쓰기 어려웠을 것이다. 기표가 그렇다. 그 이름이라면 현실에 적응하면서 그날그날의 성취에 감복할 운명이다. 물론 이 말은 미신적 수준의 판단이다. 김해경은 이상의 본명이다. 강릉 김씨. 일본인들이 이씨인 줄 알고 리상이라 불러서 이상이 되었다고 전한다. 그럴 듯 하다. 그럴 듯 할 뿐이다. 이런 설을 믿는 것도 미신의 수준이다. 미신은 힘이 세다. 김해경은 「오감도」를 쓸 수 있는 기표는 아니다. 김해경은 승진과 보수를 기다리는 건축기사의 이름으로 어울린다. 백석은 백기행이다. 수원 백씨. 임화는 여러 필명을 사용했지만 역시 임화가 으뜸이다. 그는 임인식이다. 임인식이라면 「현해탄」을 쓰지 않았을 것이다. 이육사는 이원록. 자기 운명을 필명에 각인한 사례다. 김영랑은 김윤식. 그의 이름은 그의 시를 닮아 있다. 조지훈은 조동

탁, 박목월은 박영종. 고은은 고은태. 고은은 이름 끝 자를 잘라 버리면서 시인이 된 경우다. 신경림은 신응식이다. 신응식의 「농무」는 신경림의 「농무」와는 너무 달랐을 것이다. 김종삼은 김종삼이고, 김수영은 김수영이고, 김춘수는 김춘수다. 소낙비와 태풍의 본명은 잊어버렸다. 김정식이고 싶지 않은 김소월을, 김해경이고 싶지 않은 이상을 우리는 기억한다. 시인의 필명은 시인이 축조한 문자적 세계관을 필히 떠받치고 있어야 한다.

甲板 우

● ●

나지익 한 하늘은 白金빛으로 빛나고
물결은 유리판처럼 부서지며 끓어오른다.
동글동글 굴러오는 짠바람에 뺨마다 고혼피가 고이고
배는 華麗한 짐승처럼 짓으며 달려나간다.
문득 앞을 가리는 검은 海賊 같은 외딴섬이
흩어저 나는 갈매기떼 날개 뒤로 문짓 문짓 물러나가고,
어디로 돌아다보든지 하이한 큰 팔구비에 안기여
地球덩이가 동그랐타는 것이 길겁구나.
넥타이는 시언스럽게 날리고 서로 기대슨 어깨에 六月볕이 시
며들고
한없이 나가는 눈ㅅ길은 水平線 저쪽까지 旗폭처럼 퍼덕인다.

※

바다 바람이 그대 머리에 아른대는구료,

그대 머리는 슬픈 듯 하늘거리고.

바다 바람이 그대 치마폭에 니치 대는구료,

그대 치마는 부끄러운 듯 나붓기고.

그대는 바람 보고 꾸짖는구료.

　　　※

별안간 뛰여들삼아도 설마 죽을라구요

빠나나 껍질로 바다를 놀려대노니,

젊은 마음 꼬이는 구비도는 물굽이

두리 함끠 굽어보며 가비얍게 웃노니.

　　이 시는 정지용이 1927년 『文藝時代』에 발표한 시다. 현대적
활자로 인쇄된 시는 1920년대의 관습과 감각과 호흡을 나 놓치
고 있다. h가 이 시를 다시 접한 것은 오다가다 들르는 세미나에
서다. 격주로 열리는 세미나의 참가자들은 박사과정에 있는 대
학원생들이 중심이다. 현직 교수들이 객원으로 참가하기도 하
는 세미나는 자못 진지하다. 이번 주 세미나 주제는 정지용 자세

히 읽기였고, 발제는 공부방 주인이 맡았다.

발제자가 개관한 시의 내용을 보자. "이 시는 정지용이 '바다' 에 대해 쓴 일련의 작품 중 하나이며, 같은 시기에 발표한 「船醉」 와 상당한 관련성을 가지고 있는 작품이다. 특히 여성과의 관계 를 암시하는 부분이 그렇다. 이 시는 크게 3개의 연으로 나뉘어 있는데 가장 긴 1연은 배 위에서 바라보는 바다풍경을 그리고 있다. 그리고 2연과 3연은 동행하고 있는 여성과 관련된 것으로 2연에서는 여성의 모습을, 3연에서는 화자의 심사와 태도를 보 여주고 있다." 이것만 보자면, 이 시는 정지용의 시적 특성은 잘 드러나고 있지만 기억할만한 시라고 할 수는 없다. 세미나에 서 후일담처럼 가볍게 그리고 길게 토론된 내용은 시 속에 등장 하는 여성의 정체였다. 시의 본질과 무관해보이는, 확인이 불가 한 시인에 대한 사적인 정보로 세미나 여담을 채웠다는 점이 흥미롭다. 발제자는 시 속에 등장하는 여성을 소설가 김말봉으 로 추정한다. 정지용과 김말봉은 도지샤대 영문과에 같이 다녔 고, 이 시기에 서로에게 연애감정을 가졌다고 추측한다. 정지용 은 13세에 결혼한 유부남 신분이다. 정지용의 옥천집에 김말봉 이 방문했을 때, 열받은 지용의 아내가 부지깽이로 강아지를 때려서 강아지 울음이 시끄러웠다는 청마의 증언도 있다. 그때, 시아버지가 멀리서 온 손님이니 잘 대접하라고 당부했다는 설 도 전한다. "정지용은 1927년 여름 김말봉과 함께 『朝鮮之光』사 를 찾아서 자신의 시작품을 전달했다. 이로 미루어 경도에서부터 서울까지 같이 왔다고 짐작해 볼 수 있다. 시 속에 등장하는 '그대'가 김말봉일 가능성이 큰 것이다. 당시 이미 아이가 있는 유부남이었던 정지용과 김말봉의 관계는 여러모로 김우진 윤심덕과 닮은 점이 있다. 김우진이 촉망받는 희곡작가였다면 정지용은 새롭게 떠오르는 시인이었다. 그리고 둘 다 유부남이면서 유학중에 일본에서 신여성을 만나 초혼한 아내에게서 느낄 수 없는 사람의 감정을 느끼고 있었다. 그런데 정지용은 이 시에서 김우진과 윤심덕이 투신자살한 현해탄을 지나면서 애써 가볍게 웃어넘기는 사건 정도로 치부하려는 태도를 이 시에서 보여준다." 발제자는 시 속의 그녀를 김말봉으로 추정하는데 별 이의를 두지 않았다. 시인이 처했던 현실적 정황은 시를 이해하는 편의점을 제공하지만 시의 진실을 헷갈리게 하기도 한다. 그런 문제는 연구자들에게 미해결의 과제로 남겨져 있다.

정지용의 시에 나오는 여인이 김말봉이면 어떻고 아니면 어떤가. 갑판 우에는 두 젊은 남녀가 있고, 그들 눈 앞에는 백금빛 하늘이 있고, 바다가 있고, 젊은 마음 꼬이는 물굽이가 있다. 둘은 바다를 굽어보며 가비얍게 웃고 있다. 이제쯤 학자와 비평가의 관점이 아니라 한 명의 시인으로 묻게 된다. 시는 해석되는 가요? 해석이 가능한 영역인가요? 학자는 따질 것이고, 비평가는 해석된 시를 다시 해석한다. 그들의 분석과 해석은 맞을 것도 없고 틀릴 것도 없다. 시를 작성한 정지용도 모르는 사실이 시 속에 개재되어 있다. 그렇다면 시는 해석이 무용하다는 말입니까? 누가 묻는다면, 우리는 영원히 시의 갑판 위에 서 있는 존재들이라고 말하겠다. 시가 누군가의 진공 속으로 자취 없이 사라지는 느낌. 1920년대 현해탄 갑판 우는 재현되지 않는다.

관수교에서 수표교까지

● ● ○

나는 누구일까. 그런 게 왜 궁금하지. 직업적 종교인도 아니고, 직업적 인문학자가 아니라면 신경 쓸 일이 아니다. 나는 나의 대역(代役)이다. 그것으로 나는 족하다. 오늘 h의 배역은 영화 관객이다. 집에서는 가장이다. 가장이라는 말 가부장적인 말이다. 없어져야 할 말이다. 가장이 있으면 부가장도 있고, 총무도 있어야 한다. 전철에서는 승객 역이다. 중국 폐렴을 방어하기 위해 마스크를 써야 한다. 우한 폐렴이라는 용어는 적절치 않다고 한다. 정부는 신종 코로나19 바이러스를 권한다. 병명에도 국가주의가 개입한다. h는 마스크를 쓴 시민이 된다. 종로 3가에서 내려 청계천 방향으로 걸어간다. 바람결. 그대로 극장으로 들어가기는 아까운 바람이 얼굴에 와 닿는다. 영화는 15시 30분에 시작한다. 관수교에서 수표교 방향으로 걷기 시작한다. 수양버드나무 가지들이 봄빛을 띠고 있다. 물소리도 한결 가볍고 명랑하다. 수표교 위에서 청계천을 내려다본다. h에게도 봄은 오는가. 이세상은 다 살아봤고, 저세상을 산책하는 기분이다. 청계천도 봄이 오는군, 그렇게 생각하는 틈으로 봄이 파고든다.

수표교에서 다시 관수교 쪽으로 걸음을 옮기면서 극장으로 향하는 골목으로 접어든다. 골목은 내장기관을 헤쳐 놓은 것 같다. 청계천과 을지로 골목이 대개 그러하지만 볼 때마다 삶의 세목을 관찰하는 느낌이다. 공구상이라고 하면 정확하지는 않 겠지만 하여간 h와는 직접 상관없어 보이는 다종다양한 물건들 을 취급하는 가게 앞을 지나간다. 시와는 무관한 풍경들이다. h는 이 문장을 곧 반성한다. 시를 쓰겠다고 시집만 읽는 시인은 난감하다. 그들에게 시의 미래가 있지 않다. 시는 청계천 골목 사이사이에 숨어 있는 저 물건들이다. 다시 와봐야지 결심하면 서 걸음새를 바꾸어서 속도를 낸다. 극장에도 마스크를 쓴 관객 들 한 둘이 입장 시간을 기다린다. 세 시 삼십 분, 2층 7관 f열 12번. 십분 전 입장입니다. h 앞에는 사람이 없고, 등 뒤로 다섯 명이 마스크를 끼고 앉았다. 카잔자키스. 니코스 카잔자키스 전 기영화다. 소설가의 생애가 어떻게 재구성되고 있는가는 h의 관심사다. 전기영화지만 다큐는 아닌 것. 배우가 카잔자키스를 대역한다. h에게 소중한 장면은 조르바와의 상면 장면이다. 니 코스가 관념에 지배당하는 인물이라면 조르바에게는 관념 따위 는 없다. 니코스가 자유로와야 한다는 강박에 시달린다면 조르 바는 자유 그 자체다. '나는 아무것도 바라지 않는다. 나는 아무

것도 두렵지 않다. 나는 자유다' 이 문장들이 어떻게 생성되었는가를 구체적으로 보여준다. 어쩌면, 니코스는 험난한 그리스 역사와 아버지와 신의 문제로부터 평생 자유롭지 못했다는 느낌을 지울 수 없다. 그리스도와 붓다와 레닌으로 이동하는 그의 정신적 여정들. 마지막 장면의 자막이 흘러간다. 인생은 번개처럼 지나가지만 아직 우리 인생은 충분하다. 번개칠 때 조심하자. h는 카잔자키스의 전기 속에서 충분히 빠져나오지 못한 채로 종로에서 동대문까지 걸었다. h에게 그리스도와 붓다와 레닌은 누구인가. h는 이런 기초적인 질문이 좋다. 답변은 도사들에게 맡긴다. 모든 시간이 한순간에 저물어가는 초봄 저녁이다. 오늘 소설은 여기까지다.

불가능성

나는 시인이다. 그렇게 써놓고 나는 앉아 있다. 그 사이로 시간이 지나간다. 시간의 흔적들. 시를 쓰지 않은 지가 여러 날 되었다. 시 없는 날들이 지나간다. 그동안 나는 시를 쓰는 법을 잊어버린다. 시를 쓰는 습관이야말로 끔찍하다. 개똥철학의 연장이지만 시는 경험과 경륜의 산물이 아니라고 본다. 시를 기다린다거나 시를 쓰기 위해 밤을 새웠다는 말은 신용하지 않는다. 시는 한순간에 언어의 틈을 뚫고 나가려는 에너지다. 언어를 뚫고 나가지 못하고 언어에 걸린 찌거기가 시가 된다. 언어의 흔적이고 언어의 그림자다. 같은 말을 다르게 하자면, 이미 쓰여진 시는 시가 아니다. 그것은 지나간 감정이고 다시는 그곳으로 돌아갈 수 없다. 단 한번뿐인 지점을 시의 형태로 지나간 것이다. 시는 일회성이다. 사랑의 메커니즘과 유사하다. 지나간 사랑이 되풀이되는 일은 없다. 생은 생생할 뿐이다. 이 점은 선불교의

185

언어도단의 개념을 닮고 있다. 언어로 표기할 수 있다는 환상이 시다. 언어는 응당 있어야 할 삶의 실상과 본질을 왜곡시킨다. 언어와 문장에 담기지 않는 것만이 시가 된다. 언어에서 흘러넘쳐 쓸어담을 수 없는 그것만이 시다. 언어에서 도망친 것들만이 시라면 h는 평생 그것을 찾아 헤매는 구도자 비스름하다. 나는 시인이다. 이런 문장을 써놓고 아무도 모르게 지워버리는 것은 그것이 불가능을 꿈꾸는 작업이기 때문이다.

나는 포기하지 않는다

● ●

2019년을 장식한 10권의 시집을 골라보면 어떨까. '내가 고른 음반 10장' 같은 자가 기획이다. 무엇보다 나를 위한 생각이다. 수없이 많은 시집 가운데 몇 권을 선택해보는 나의 기준이 궁금하다. 가능해보이지만 별 소득은 없어 보인다. 나의 편견을 제외하더라도 그 많은 시집을 개관하는 일은 지난한 일이다. h는 그저 허황한 꿈만으로 생각을 접는다. h에게 시집을 선택하는 기준이 남아 있을까. 섭하지만 그런 기준은 어느덧 다 붕괴되었다. 시라는 각자의 헛소리에 가치와 순위를 매기는 일은 이제 헛일이다. 시가 무가치하다는 뜻으로 거칠게 들렸다면 이 문장은 지우겠다. 시를 읽고 판단하는 일을 직업으로 하는 부류를 평론가라 부른다. 시에 대한 독해를 그들이 독점한다고 여겨지기도 한다. 평론가들이 시에 대한 공감력을 얼마나 가지고 있는지는 단언하기 어렵다. 그들은 어떤 기준으로 시집을 골라내는

지 자못 궁금하다. 문예지가 연말 특집으로 흔히 다루는 테마다. 문예지가 독자를 유혹하는 이벤트이자 문예적 해프닝일 뿐이다. 그와 같은 특집을 과도하게 신뢰하는 일은 신중하지 못한 독자의 자세다. 생각은 그렇게 하면서도 h는 매년 올해의 시집 10권을 머릿속으로 상상한다. 아홉 권도 좋다. 일곱 권이어도 상관없다. 올해는 어떤 시집이 h의 상상력의 그물에서 출렁거렸던가. 그 생각만으로도 h는 기쁘다. 쿠데타적인 시집, 치명적인 독극물을 바른 시집, 독자를 송두리째 뒤흔드는 시집, 여백뿐인 시집, 부사와 형용사가 제외된 시집, 목차뿐인 시집, 심지어 어디서도 검색되지 않는 시집을 h는 기다리고 있다. h는 포기하지 않는다.

거북이목을 한 사람들이
바다로 나가는 아침

●　●

나는 영원을 향해 손을 흔든다.
그들의 긴 항해에 행운이 있기를.

묵념

나는 내가 쓴 시에 속하지 않는다

당연하고 당연하다

나는 나에게도 속하지 않는다

바람결에 속하고 빗방울에 속한다면 시적 표현이라 하겠으나

나는 본래부터 거기서 기원했을 뿐이다

나는 한 줄기 바람이고

나는 한 차례의 소낙비이고

나는 타오르는 모닥불이고

나는 한 줌의 재였을 뿐이다

여기까지 타자하고 나서 자판에서 손가락을 거두어들인다. 코치가 필드에서 자기 편 선수를 불러들여서 작전을 지시할 때처럼 손가락들에게 작전을 지시한다. 너무 시적인 척 하지 말라

고 몇 번 말했니. 그대의 문제는 시적인 것이 따로 있다고 믿는 그 너절하고 고정된 문학개론적 관념을 넘어서야 해. 새로워야 한다는 강박도 버려야 해. 그건 문청들이나 하는 짓이잖아. 세상을 뒤집겠다는 생각은 좋지만 그건 몽상이야 몽상, 몽정이 더 정확하겠군. 전에 얘기했지. 어떻게 하여서든지 팔리지 않는 잡지와 책을 만들 생각을 해야 해. 당대에 많이 팔리는 책들은 가장 뒤떨어지는 작품이라는 거 잊지마. 이 말은 박인환, 김수영 등이 결성한 '신시론 그룹'이 1948년 『신시론』 1집을, 1949년 4월에 앤솔로지 『새로운 도시와 시민들의 합창』을 내면서 표방한 정신이야. 그런 팔리지 않는 시집을 내 준 사람도 있었다네. 시인 장만영. 이 대목에서 묵념해야 한다. 안 팔리는 책을 출판하는 무모한 용기. 자, 다시 쓰던 글 계속 써보자.

나는 여러 권의 시집을 인쇄했지만
서점에서 도둑을 맞았다는 소리는 한번도 들어보지 못했다
그것이 나의 꿈인데 말이다
그냥 거저 가져가시라고 해도
아무도 가져가지 않았다는 전설뿐이다
그래서 내 책을 손수 훔치다가 깨는 꿈
이 말을 시에 대한 자기 비하로 오해하지 말아주시기를
돋보기를 쓴 내 독자들은 작은 글씨는 읽기 어렵다
활자가 작다고 하는 이웃들에게는

한 페이지에 한 글자씩 찍어주기로 했다

그것이 시가 아닐까

독자는 시에 거품과 지방질이 끼어 있어야 읽는다

여기까지 쓰고 화면 밖에 서있는 코치를 바라본다. 큰타자를 의식한다. h는 지금 몇 줄의 시를 쓰기 위해 자판을 두드리고 있다. 그런 h를 바라보는 h가 있다. h를 보고 있는 더 큰 h.

여기서 이러시면 안 됩니다

●　●

　오늘은 모처럼 법회가 있는 날이다. 대학원 박사과정시절부터 이어져 오는 모임을 우리는 법회라 불러온다. 법회팀은 격주 토요일에 모여서 산행을 하고 뒤풀이를 한다. 뒤풀이 시간에 십여 분 정도 지도교수님이 최근의 생각들을 풀어놓는다. 이것이 이른바 우리가 말하는 법문이다. 10년 이상 이어져온 모임이지만 지도교수의 개인사정으로 법사직을 사임하면서 모임은 한동안 중단되었다. 근 이년여 만에 결집되는 법회다. 오늘은 산행 없이 통인동 근처에서 밥이나 먹자는 연락이 왔다. 법사님을 비롯하여 이생(李生), 조생(趙生), 김생(金生), 유생(劉生) 그리고 h가 참석한다. 학부는 다르지만 박사과정에서 합류했다는 점과 시를 공부하고 쓴다는 인연이다. 다들 대학에서 문학을 가르쳤지만 지금은 대학에서 물러나서 노년에 입문 중이다. 한 사람, 유생만은 학교로 가지 않고 문예지와 출판사를 경영하고 있다. 늘 문닫기 직전이고 부도 일보 직전인 출판사 주인이다. 솔직한 한국문학의 한 얼굴이다.

법회의 알맹이는 역시 이 모임의 거멀못인 지도교수의 법문이다. 그걸 듣자고 다들 눈앞의 일을 젖히고 모이는 편이다. 지도교수는 이른바 사일구세대지만 그의 전공은 1930년대 모더니즘이다. 그의 본업은 학자이면서 시도 쓰고 평론에도 가담한다. 법회팀은 모두 지도교수의 시집 해설을 받았다. 관행이자 예의였다. 오늘은 어떤 말씀을 하실까. 오랜만이라 더 궁금해진다. 법사는 팔순에 접어들었다. 우리의 근대문학은 20대에 등단하여 등단작이 대표작이 되고, 그 대표작들이 한국문학사를 형성했다는 것이 통설이다. 이의가 없다. 한국문학사의 조루증상을 잘 알고 있는 사쩜일구세대는 그런 문학사와 싸워온 첫 세대가 된다. 말하자면 자신의 전성기를 연장하면서 창작에 매진한 세대다. 끝까지 문학을 놓지 않았던 이들 세대에게서 들어야 할 말은 많다. 우리가 언제 이렇게 가는 데까지 가 본 창작세대를 가져본 적이 있는가. h는 이 법회를 통해 법사세대의 자초지종을 자세히 보고 있다. 이것은 문학사의 한 페이지다. 경로 차원의 경청이 아니다.

마침내 선생이 통인동 골목 2층에 있는 한식집에 도착했다. 미리 나가서 기다리던 이생이 모시고 들어왔고, 기다리고 있던 조생, 김생, 유생 그리고 h가 자리에서 일어나 오늘의 법사에게 다가가 인사했다. 법사의 얼굴에서는 비교적 건강한 체취가 묻어났고 표정도 밝았다. 이런 동작들이 정리되고 음식이 차려진 상을 가운데 두고 셋씩 서로 마주보고 앉았다. 선생 양쪽으로 이생과 조생이 앉고, 맞은편에 김생, 이생, h가 앉았다. 그리고 이것저것 정갈하게 차려진 음식들. 이건 마치 촬영을 위해 적당히 설정된 미장센 같다. 가벼운 덕담과 안부와 술잔이 한 바퀴 돌았다.

이생: 선생님, 그동안 어떻게 지내셨습니까?

법사: 뭐, 어떻게어떻게 지냈어. 요즘엔 시를 쓰고 있네.

김생: (다소 놀라는 몸으로) 시를요!

조생: 외람되지만 저는 시가 멀어지던데 말씀입니다.

법사: 시는 아무래도 당신들이 나보다 윗길이지. 시가 쓰고 싶다기보다 시가 쓰여진다는 말인데 시가 아니라 시라는 형식이 다가온 거지.

이생: 좋은 현상 아닙니까.

법사: (침묵)

유생: 학자나 평론가의 생애보다 시가 선점하는 길이 있다는 뜻으로 들립니다.

h: (침묵)

유생: 선생님께서 원고가 되면 시집은 제 출판사에서 맡겠습니다.

법사: 고맙네. 시집은 묶지 않을 생각. 복사집에서 한 권만

제본해서 날 좋은 날 동네 커피집에서 읽어보려네. 그리고 없애는 거지.

h: (박수)

이생: 아깝지 않습니까.

법사: 아까우니까. 없애버리는 거지. 허허허.

김생: 선생님, 그래도 우리들은 읽게 해주셔야지요.

법사: 다음에 몇 편 읽도록 하지.

김생: 고맙습니다. 꼭 그렇게 해주세요. 저희들도 예비역이 되어서 그런가, 아니면 저만 그런가 하여간 시 한 줄 끄적이는 게 겁이 나고 두렵습니다. 외람스럽습니다.

법사: 그런가. 그건 당신들이 꼰대가 되었다는 증거겠지. 마치 시에 대해 무얼 좀 아는 척하는 교만적 액션이야. 본인은 꼴같지 않은 얘기라고 생각해. 시에 무슨 경지가 있겠어. 그냥 자판을 두드리는 자가 싱싱한 시인이라고 믿어, 나는. 신인, 중견, 대가 이런 분류들이 얼마나 난감한 미스 터치인지 당신들도 잘 알걸. 내 보기에 우리나라 시인들 하나같이 중고 신인이야. 차라리 플라이급, 미들급, 헤비급, 수퍼 헤비급 이런 분류가 어울리겠지.

조생: 자신을 표현할 수 있는 수단이 오직 시밖에 없을 때 펜을 잡아야 한다.

이생: 그럴 듯 하군. 그치만 왠지 문청 냄새가 물씬하네.

조생: 마야코프스키가 한 말이라네.

김생: 그런가? 그건 그 사람 말씀.

법사: 조생은 어디서 그런 걸 잘 수집하더라. 그건 미신이야, 미신.

이생: (법사의 성대모사를 하면서) 미신에 매달리면 쓰겠는가, 이 사람.

조생: (다소 해학적으로) 네, 잘 알고 있습니다. 미신은 문젭니다. 그러나 이단 종파는 많을수록 좋은 거라 생각합니다. 사실, 다 이단이거든요.

법사: 그건 쓸 만한 통찰이네. 나도 이단이 좋거든.

조생: 선생님의 낙서시론은 지금도 유효하신 거지요?

법사: 물론. 당신들은 동의하지 않겠지만. 시는 낙서야.

이생: 저희들은 선생님 문하에서 시와 학문을 익혔습니다. 지금 선생님 말씀 듣고 보니 이미 시집 여러 권을 낸 바 있고, 지금도 시를 쓰고 있는 저희들이 심히 부끄러워집니다.

법사: 천만에. 나는 그런 뜻으로 한 말이 아니니까 그렇게 생각하지 마시게들. 나는 그저 내 입장을 피력한 것뿐이네. 1950년대, 1960년대, 1970년대, 1980년대를 쳐다보거나 살아본 나로서는 시가 현실을, 삶을 통과하는 힘이 있다고 생각했다. 그러나 지금은 아니다. 늙어서 그렇다면 부인하지 않겠다. 각자 자기 삶을 살아가는데 어째 남의 의상을 걸치고 돌아친 듯 해, 일생이. 그래서 내 말은 고상하거나 오래 기억될 생각이 절대 아니다. 오늘 이 자리에서 듣는 푸념 정도지. 활자는 힘이 없다는 게

活字의 힘없는 역설이지. 언어라는 의상 없이는 세상의 맨살을 만져볼 수 없지 않던가. 우리는 언어라는 천조각을 조물락거리면서 세상의 맨살을 만지고 있다는 착각을 하는 거지. 그게 시라고 생각해. 은유니 환유니 하면서. 그건 사기잖아. 언어가 은유인데 달리 무슨 은유가 필요하겠어. 개소리지.

조생: (너털웃음을 웃으며) 선생님, 여기서 이러시면 안 되십니다.

유생: 말 끊지 마라.

조생: 죄송.

법사: 바람소리 듣는 거지. 빗소리 듣는 거야. 눈오는 날은 눈소식 듣고. 이제 내게는 그것도 벅차다네. 바람소리가 있는데 음악이 왜 필요하냐고 누가 그랬어. 딴은 그렇겠지. 받아 적게. 허허허. 제발 시 좀 잘 쓰지 말게. 지겹네. 보기 안타까워. 그건 언어의 예능이야. 미안하네. 가르치던 증상을 아직 졸업하지 못했어. 이 자리에서 뱉은 말은 내 혼잣말이었어.

유생: 오랜만에 이생이 시집을 내려고 합니다. 선생님께서 표4를 좀 써주십시오.

법사: 표5는 내가 기꺼이 쓰겠네.

김생: 표5는 없습니다. 선생님. 허허허.

활자는 힘이 없다

활자는 힘이 없다. h는 활자의 죽음을 확인하기 위해 글을 쓴다. 인공호흡 같은 것이다. 희미한 활자의 숨소리가 들릴 때마다 h는 사람들에게 외친다. 여러분! 활자가 깨어났어요. 숨을 쉬어요.

의미의 얼룩을 지우는 밤

● ● ●

　e형, 오래만입니다. 나는 지금 소설을 쓰고 있는 중이랍니다.
무슨 소설이냐고요? 그게 그렇습니다. 내가 소설을 쓰겠다는
것은 스토리텔링에 대한 열정을 문장으로 옮겨보자는 게 아닙
니다. 우리가 작년 겨울에 울진 바닷가에서 일박 하면서 오래
나누었던 얘기들 있지 않습니까. 나는 그 시간이 마음에 은은하
고 깊게 남습니다. 시를 쓰는 사람들과 동질감을 교감했던 기억
은 거의 처음이었습니다. 시라는 물건이 우리의 생각을 제대로
담아낼 수 없다는 것에 대한 분명한 공감이었습니다. 그것만으
로도 우리는 시적인 충만감을 나누었지요. 우리는 언어가 아니
라 언어에 담기지 못하는 것들, 언어 그 너머에 있는 것들에
대한 환상을 보고 있는 거지요. 그런데 한국시단은 시에서 의미
를 그 중심에 두고 있습니다. 이른바 의미생산이지요. e형도 크
게 공감하셨습니다. 어제는 e형의 시집을 읽었습니다. 나온 지

5년을 경과한 시집이더군요. 내가 가진 건 1쇄본입니다. 언어를 사용하면서 언어를 믿지 못하는 e형의 언어관 즉 삶을 대하는 태도가 마음에 들었습니다. 활자에 묻어 있는 의미의 얼룩을 지우는 밤이었습니다. 의미의 인질이 되지 않으려는 태도는 시를 넘어서는 영역일 겁니다. 언어를 다루는 존재들의 불가피한 딜레마가 아닐까요? h.

시인의 책상

●　●　○

　지금, h의 책상 위에는 16gb 흰색 유에스비 하나가 아무렇게 나 놓여 있다. h의 손가락 두 마디만 한 것. 정말 아무렇게나 놓여 있다. h는 그 장면을 하나의 실물로, 다큐로, 부동의 현실로 바라본다. 그 옆에는 오래된 스탠드. 그것은 아주 오래된 물건이다. h가 애착하는 물건이 아닌데도 20년이 넘게 내 옆에 있다. 놀라운 일이거나 아주 변태적인 현상이다. 법정 스님이 승복차림이 아닌 일상복 차림으로 자신이 만든 나무의자 옆으로 걸어가는 모습이 찍힌 2020년 길상사 달력도 스탠드 불빛을 받아내고 있다. 인간관계의 갈등은 사소한 업들이 쌓이고 쌓여져 커지는 법입니다. 가벼워야 합니다. 짐이 없어야 합니다. 그래야 인생의 새봄을 맞이할 수 있습니다. 달력에 인쇄된 스님의 말씀이다. 2월 21일에는 왕빙의 「철서구」가 연필로 메모되어 있다. 2월 19일은 스님 입적 10주기다. 절기상 우수이기도 하다. 데스크탑

202

모니터 옆에 머그잔 두 개가 근친적이다. 하나는 커피, 하나는 생수가 들어 있다. 그들 뒤에는 그들보다 앉은키가 작은 자명종이 일요일 밤 23시 30분을 선언하고 있다. 책상 한켠에는 무질서하게 정말 질서 없이 책들이 쌓여 있다. 지겨운 책들, 지겨운 활자들. h는 애서가도 독서인도 아니다.『시 없는 삶』,『할리우드』,『소설가 구보씨의 일일』,『글쓰기에 대하여』, ≪동안≫,『글렌 굴드의 피아노 솔로』,『나는 매일 뉴욕 간다』,『호밀빵 햄샌드위치』,『재즈선언』,『창백한 불꽃』, ≪모든시≫,『아직 오지 않은 소설가에게』,『윌리엄 포크너』,『창백한 불꽃』,『여긴 어딥니까?』계간지 위에는 두루마리 휴지가 반쯤 풀린 채로다. 지나간 해 책상용 달력이 아직 12월을 접지 못하고 있는 것도 하나의 프레임 속으로 들어온다.

이쯤에서 질 크레멘츠의『작가의 책상』을 펼쳐보게 된다. 작가들이 책상에서 작업하는 사진들을 모아놓았다. 존 업다이크가 서문을 썼고 소설가 이승우의 독후감이 뒷표지에 실려 있다. h는 가끔 이 책을 손에 든다. 남들의 책상살림은 어떤가가 궁금한 것이 아니라 그들의 책상 풍경과 상상력의 상관성 같은 것을 떠올려보는 재미다. 대부분 육중한 타자기 앞에 앉아 있고 몇몇은 헤밍웨이처럼 서서 글을 쓰는 모습이다. 촬영용인지 어떤지는 모르겠으나 대체로 책상 위가 잘 정돈되어 있었다. 재떨이를 앞에 두고 담배를 들고 있는 수전 손택의 책상은 다소 어지러웠지만 나름의 질서를 유지하고 있다. '시작하기'는 어느 면에서

'미루기'와 같다. 일을 시작하기 전에 h는 일부러 책을 읽거나 음악을 듣곤 한다. 일종의 예열 과정이라고 할 수 있는데, 이 시간이 길어지면 결국 불안해진다. 글을 쓰지 않고 있다는 죄책감이랄까… 수전 손택의 말이다. 책상 앞에 앉은 그녀는 밖으로 향한 원심력과 글쓰기를 향한 구심력의 균형을 잘 유지하는 모습이다. 그 순간이 방안에 공기처럼 떠돈다. 존 치버, 파블루 네루다, 토니 모리슨, 필립 로스, 이오네스크, 조르주 심농, 테네시 윌리엄스, 솔 벨로우, 조이스 캐럴 오츠 등의 책상을 두루 구경했다. 작가들 각자가 가지고 있는 글쓰기 예열과정은 거기가 거기라는 생각이 들었다. 음악을 듣거나, 책을 읽거나, 산책을 하거나, 연필을 깎거나, 창밖을 내다보거나, 커피를 마시거나, 테렌스 맥널리처럼 다짜고짜 타자기 앞에 앉는 작가도 있는데 h는 그의 말이 귀에 꽂힌다. 자기를 책상 앞에 앉히지 않으면 생각도 한자리에 모여오지 않기 때문이다. h에게 글쓰기의 루틴은 없다. 제멋대로다. 시가 오면 쓰고, 오지 않으면 굶은 방식을 채택하고 있다. 시인은 시의 속도로 작업하면 될 것이다. 그러고 보니 h의 책상은 정돈감, 질서감은 눈을 씻고 봐도 보이지 않는다. 아무렇게나, 되는 대로, 제멋대로, 형식 없이, 무정형으로 널브러져 있다. 공개할 수 없는 잡답만이 들끓고 있다. 빗나가는 말이긴 하지만 깔끔하게 정돈된 서재와 책상을 보면 h는 불안하다. h는 그런 순간에 적응하지 못하는 체질이다. h의 시는 일련의 카오스모스 속에서 튕겨져 나오는 모양이다.

두 번째 첫눈

●　●

　눈이 온다. 눈이 온다. 눈이 온다. 펄펄 나리는 눈이다. 함박눈
이다. 올해 들어 두 번째 내리는 첫눈인가 보다. 불암산 꼭대기
가 희끗희끗하다. 모든 일을 중단한다. 의자를 돌려놓고 눈의
군무를 관람한다. 트위터의 타임라인은 온통 눈 이야기다. 아침
부터 눈이 온다. 눈이 온다. 눈소식은 며칠 전부터 천천히 예고
되었다. 창밖으로 주먹 같은 눈송이가 쏟아진다. 눈이 온다. 눈
이 온다. 어린 날 석웃병을 들고 순이와 신작로를 걸어서 석유를
받으러 가던 기억이 떠오른다. h는 그때 일생의 눈을 다 맞았다.
넘어지고 자빠지며 깔깔거리던 그 유년은 그것으로 밀봉된다.
이런 날은 봉인된 장면들이 원본 그대로 흘러나오는 모양이다.
백석이 시에서 그렸던 장면들은 h가 유년기에 겪었던 원장면과
겹친다. 그래서 그런가 백석의 시에 대해서 h는 반응할 게 없다.
그렇다는 말인데, h의 이 생각을 철없는 교만으로 치부하지 말

기를 바란다. 물론 여기까지 그리고 이 문장을 읽는 독자가 있다는 전제 속에서 하는 말이다. 눈오는 날은 그 자체로 사건이다. 기다리던 사람, 기다리던 소식, 기다리던 갈망이 갑자기 한몸으로 오는 날이다. 이런 날 산에서 설경을 만난 사람의 마음은 푸짐하겠다.

h는 산 대신 눈길을 걷자는 작은 기획을 했다. 걸어가서 백화점 3층 커피숍에서 커피를 마시고 10층에 올라가 영화를 볼 수도 있을 것이다. 외투를 걸치고 우산은 받지 않고 걸었다. 상계역에서 노원역까지 15분 정도의 걸음이다. 바닥에 쌓일 겨를 없이 눈은 내리는 족족 다시 하늘로 돌아간다. 펄펄. 눈은 뜨겁게 내린다. 허공에서 부유하는, 날아오르는, 흩어지는, 탈주하는, 자유로운, 정처 없는 영혼의 춤. 눈에도 뼈가 있고, 살이 있고, 눈이 있고, 감각이 있다. 살아오르는 눈발은 도시인들에게 한 줄의 차분한 흥분이다. 자욱한 허공 속을 활공하는 까마귀가 눈에 든다. 고도를 높이던 활공의 자취는 눈 속으로 사라진다. 머리에 쌓인 눈을 털어내고 한 십여 리 걸어온 길손의 느낌으로 백화점 자본주의 속으로 들어간다. 백화점의 휘황찬란에 대해서는 생략. 10층까지 에스컬레이터. 극장 로비에는 영화를 기다리는 사람들이 꽤 붐빈다. h는 로비의자에 앉아 잠시 숨을 돌린다. 로비는 마치 공항 분위기다. 어디론가 떠나려는 사람들로 들떠서 술렁대는 풍경이다. 표를 구입한 관객들이 각자의 게이트로 이동한다. 그들은 곧 영화 속으로, 환상 속으로 떠날 것이

다. h는 매표하는 곳으로 간다. 극장표와 스낵을 함께 파는 곳이라 조금 헷갈린다. h가 검색했던 시간과 실제 시간은 한 시간 격차가 났다. 이상하다. 충무로에 있는 극장을 검색하고, 실제로 h가 온 곳은 노원에 있는 극장에 왔기 때문에 벌어진 틈이다. h는 속으로 웃으며 아까 앉았던 로비 의자에 가서 다시 앉는다. 갑작스런 폭설로 인해 비행기 출발이 지연된다는 구내방송을 듣는다는 착각을 한다. 바깥은 보이지 않지만 영화관 밖 거리는 계속 눈이 흩날릴 것이다.

타임라인

오늘은 코스타리카를 마시고
트위터의 타임라인을 읽는다

자기 방사적(放射的)인 말과
참을 수 없는 자기 삭제 본능을 있는 그대로 읽는다

힙합에 허세가 끼듯
한국시에도 허세기가 묻어 있다
시인의 허세를 찾아서 읽는 것도 시집 읽는 재미의 일부다
잘난 척, 첨단인 척, 있는 척, 없는 척, 이론적인 척

독립작가

h는 가끔 시내 대형 서점에 들른다. 일종의 순례다. 서점은 도서관과 다른 실물감이 움직인다. 눈 앞에서 시장성이 꿈틀거린다. 나를 사라는 외침이 화려하게 울려오는 곳이다. 외면할 수 없는 생동감과 현장감이 살아움직인다. 서점이 진열해놓은 의도는 분명하다. 잘 팔리는 책이거나 팔릴 것이라 판단되는 책들을 고객들의 동선 속에 집결해놓고 있다. 고객은 서점의 책 진열방식에 포위된다. 필요한 책을 선택하기보다는 서점이 진열하는 호객 방식에 영향을 받는다. 독자는 고집스러워야 한다. 시장의 메커니즘과 마케팅에 포획되지 말아야 한다. 그것이 독자의 독자스러움이라고 본다. 이런 원론에도 불구하고 독자는 자본시장의 막강한 화력에 흔들린다. 독립서점, 독립출판, 독립잡지의 흐름은 자본의 장악력에 저항하는 선언이다. 독립은 자본과의 결별만을 의미하지는 않을 것이다. 자본에 종속당

하지 않는 정신적 독립이 절실하다. 여기에 독립작가라는 항목을 추가한다. 낯설고 생경한 말이다. 독립작가는 서점과 출판과 잡지로부터 자유로운 작가를 가리킨다. 그러자면 작가는 자신의 글을 싣는 독립잡지를 만들고, 그것을 독립적으로 출판하고, 독집서점에서 책을 판매하면서 매우 독립적인 유통망을 형성해야 한다. 가능한 일인가? 하여간 그런 생각을 해본다.

소설보다 더 소설적인

●　●　●

　이 글은 소설이다. h는 소설을 쓰고 있는데 소설 같지가 않다. 일기 같기도 하고, 일상의 자투리로 흘러간다. 소설 같지 않다는 판단은 어디서 오는 것일까. h를 아는 사람은 웃을 일이다. 시나 제대로 쓰지. 미쳤나봐. 소설을 읽는 것과 소설을 써보는 것은 같지 않다. 소설가들은 인물을 만들고, 그의 일상과 세계관을 만들고, 고민거리를 만들고, 그 고민거리를 죽 늘어놓는다. 이야기를 짜는 방식을 고민한다. 좀 더 효과적인 문장을 구상한다. 이런 과정은 순전히 소설가들의 상상 속에서 진행된다. 소설을 구상하는 과정이 소설가가 꾸는 꿈과 같을 것이다. 구상이 끝나면 소설가는 자신의 손가락으로 자판을 두드리기 시작한다. 그게 그에게는 자신의 소설적 꿈을 현실화하는 공정이 된다. 허구는 소설가에게 허락된 특권이다.

　뻔한 얘기를 또 하고 있다. 인정한다. 직업적인 소설가가 아니더라도 누구나 이 대목을 읽으면 피식 웃을 것이다. 하는 김에 더 해 보자. 소설가는 인물을 죽일 수도 있고, 살릴 수도 있다. 죽여서는 안 되는 장면에서 죽이는 경우도 있다. 독자들은 필연성이 부족하다든가 현실과 맞지 않는다고 투덜댄다. 허접한 h의 생각으로 보자면 독자들을 배신하고 투덜거리게 만들고, 독자를 불편하게 긁는 것도 소설이 챙겨야 할 가치라고 본다. 하여간, 소설가는 무언가 현실을 초과하는 상상력을 보여주는 존재들이라고 h는 늘 생각한다. 정작 소설가들에게 짐스러운 것은 현실을 기워대는 허구적 손놀림이 아니라 현실을 있는 그대로 복사하는 일이라고 본다. 기사, 수기, 실화, 르뽀, 다큐멘터리와 같은 종류의 글은 그것이 현실의 실상을 가감 없이 즉 픽션 없이 그려낸다고 주장한다. h는 소설가의 허구보다 비허구적이라고 특징 짓은 글들이 훨씬 허구적이라는 입장이다. 다시 말해 아주 소설적이라는 말이기도 하다. 이 말이 믿기지 않는다면 각자 실험해 보시기를 권한다. 오늘 아침 아홉시부터 열시까지 당신이 한 일을 써보시라. 오늘 아침 아홉시에 아파트를 나서서 아홉시 십분 쯤 전철을 탔다. 이렇게 한 줄로 쓸 수도 있다. 틀리지 않았다. 그러나 아파트를 나서서 전철을 타기까지 그 많은 생각과 매일 보던 그 길들의 풍경과 그 길에 지나친 사람들과 풍경은 문장 속에서 실종된다. 한 인간의 일생을 기록하는 자전적 소설이라고 해도, 그것은 '한 권으로 읽는 삼국지'와 다를 게 없다. 누군가와 나눈 대화의 요지가 아니라 대화의 세부 자체를 온전하게 복원한다는 것은 쉽지도 가능하지도 않는 문제다. 소설은 소설가에 의해 세부를 생략, 재배치, 첨가, 수정된 무엇이다. 성형된 현실. 자신도 모르는 사이에 생략되고 증발된 현실은 어디 있는가. 그 다양한 빛깔의 순간과 대상들. 사실은 그것이 허구가 아닐까.

그래서 h는, 우리는 매일매일 소설보다 더 소설적인 허구 속을 허우적대며 사는지도 모른다. 어떤 영화학과 교수가 홍상수 영화를 두고 했던 말이 머릿속을 휙 지나간다. 그으게 무으슨 영화야! 그때는 말하지 않았지만 이제 조용히 말한다. 그게 영화가 아닐까요?

비발디

● ● ●

아, 똑같은 협주곡을 100곡이나 쓴 양반 말인가?

비발디를 어떻게 생각하느냐는 질문을 받고 스트라빈스키가
한 말이다.

똑같은 시 100편

●　●

스트라빈스키가 비발디를 두고 했다는 말이다. 그렇든 저렇든. h에게 도착한 그 말의 함의는 자못 의미심장하다. 시는 20대의 장르라고 누군가 말했던가. 시에 관한한 그 말은 여전히 선언적 가치를 지닌다. 정열과 설렘과 호기심과 긴장력은 일정한 시효가 있다. 유통기한을 넘긴 우유가 변질되듯이 청춘의 한 시기를 넘긴 시인은 난감한 자기 관습과 마주하게 된다. 자기가 만든 시세계의 틀 속에 갇히게 된다. 그게 그의 감옥이다. 일가를 이루는 게 시인의 꿈이라면, 그런 법은 없지만, 일가를 이룬 시인은 마침내 자기의 집 속에 유폐되어 자유를 잃게 된다. 똑같은 시 100편을 쓰는 관습을 익히기 전에 세상과 작별한 시인들만 자기 감옥에 갇히지 않는다. 그것은 시를 위한 축복이다. 한 순간의 섬광과 폭발력은 시의 본성이다. 모국어의 세련이나 외세에 대한 저항이나 자유를 위한 투쟁과 같은 항목들이 시의 우선적인 본성은 아니다. 그것은 정열의 부산물이기 쉽다. 시는 그런 것들을 통째로 반성하는 높이에 위치한다. 시를 쓴다는 자기 관습 혹은 자기 습관에 젖게 되면 시인은 자기 시를 카피하는 복사기가 된다. 자기도 모르는 사이에 처량한 시인으로 연명하면서 환갑 기념, 칠순 기념, 등단 몇 주년 기념시집을 내놓게 된다. 이론적으로는 비발디를 탓할 수 있으나 현실적으로는 조금씩 비발디로 살아가는 것은 아닌지 모르겠다.

평생 편지 쓰는 사람

●　●

　저녁이 왔다. 저녁은 과묵한 어둠만 데리고 왔다. 저녁의 이른 어둠은 잠깐 하이쿠처럼 빛난다. 그리고 빛은 이내 사라진다. 묵직하게 가라앉는 어둠에 손을 댄다. 어둠은 시가 되었다가, 소규모 에세이가 되었다가, 긴 소설이 되었다가, 나중에는 절정이 누락된 드라마가 된다. 지금은 저녁 일곱 시를 갓 넘어선 시점이다. 저녁 일곱 시는 h 삶의 근본 같은 시간이다. 스물두 살 시절 강원도 정선군 북면 여량리 하숙방에서 여량천주교회 종소리를 듣던 시간이다. 하숙방 창 너머로 흘러가던 도랑물 소리는 지금도 h의 마음 후미진 구석으로 흘러든다. 다시 살 수 없는 그 시간을 h는 다시 살고 있다. 저녁 무렵이면 마늘밭으로 번져가던 연기를 보면서 h는 한시절을 보냈다. 시에서 여량 시절을 몇 번 울궈먹기도 했다. 저녁 일곱 시가 지나가는 시간대는 아직 몇 줄의 시다. 시에 등장할 언어들은 아직 제자리를 찾지 못하고 막연하게 줄을 서서 차례를 기다린다. 하나의 어휘는 하나의 의미 그 이상을 담아내지 못한다. 어휘는 자신의 빈약함을 알고 있다. 그래서 앞뒤에 놓이는 말들과 협력한다. 자기를 버리고 다른 맥락 속에 놓이게 된다. 저녁 일곱 시 이후는 바로 그런 시간이다. 분명했던 생각이 어디론가 번지기 시작한다. 에세이가 되는 순간이다. 에세이라는 말의 한국어는 수필이다. h는 수필을 온기 도는 손으로 쓰는 수작업이라 정의한다.

이 시간에 누구는 편지를 쓸 것이다. 편지지를 꺼내놓고 먹물을 가득 채운 만년필로 심혈을 쏟아내듯 깨끗하고 온기가 감도는 손으로 안부를 적을 것이다. 편지를 쓰는 동안 그는 그리운 수신인이 된다. 수신인은 c다. c라고 설정된 아무개다. c는 피와 살을 가진 인간은 아니다. 그러나 상상된 인물은 이상적인 가공의 인물만은 아니다. 오히려 아주 현실적인 인물이다. 장점보다 약점이 많아서 사랑스러운 인간으로 설정된다. 이 저녁 그는 c에게 인간적인 격정을 차분한 문체에 담는다. 이런 상상은 고전적이다. 1930년대에나 힘을 얻을 법한 현실이다. 상상은 현실로 흘러넘치게 된다. 흘러넘침은 개인적 서사의 맥박이다. 그리하여 편지는 너무 많은 것을 담게 된다. 편지는 밤새워 쓰여진다. 편지는 이튿날도 쓰여진다. 편지는 사흘간, 열흘 동안 쓰여지고도 끝이 나지 않을 것이다. 한 남자는 또는 한 여자는 여생을 편지에 매달리게 된다. 편지는 쓰는 족족 수신인에게 배달된다. 수신인 역시 평생 편지를 받으며 산다.

소소한 배역처럼

● ●

　모처럼 미세먼지가 사라진 쾌청한 날이다. 불암산이 제 속살까지 훤히 드러내고 있다. 책상에 앉았지만 머릿속은 커서만 깜빡이는 컴퓨터 화면 같다. 아무 생각도 오지 않고 있거나 모든 생각이 지나간 뒤끝 같다. 정직한 순간이다. 지나간 생각을 다시 부를 수도 없고, 오지 않은 생각을 당겨서 부르지도 않는다. 이 것이 h가 생각하는 자가용 업계 윤리다. 요즘은 필연이 아니라 우연을 지지한다. 모든 것은 우연히! 누구는 지금 h가 에세이를 쓰고 있다고 말할 것이 틀림없다. 자기 현실을 문자로 옮기고 있다고 생각할 게다. 그런 관찰은 틀린 것은 아니지만 꼭 맞은 것도 아니다. 왜냐하면 여러 번 말했지만 이 글은 소설이기 때문 이다. 이 글을 쓰고 있는 h는 h가 아니다. 허공에 떠있는 누구다. 앞의 문장에 마침표를 찍는 순간에 떠오른 문장은 '빼앗긴 들에 도 봄은 오는가'다. 왜 이 문장이 지나갔는지 설명할 길은 없다.

신종 코로나19로 뒤덮인 전국적 상황 때문인지도 모른다. 요절한 가수 배호 전집이 있다는 사실을 접하고 조금 놀랐다. 미발표곡도 모두 수록되었다고 한다. 페이스북을 두드렸는데 페니스북으로 찍혔다. 손가락의 무의식! 생각 없이 아무거나 좋아요를 꾹꾹 누르고 싶은 날이다. 대충, 대충대충. 대충 읽고, 대충 쓰고, 대충 생각하자. 그렇다고 분과 초를 다투면서, 한번뿐인 생인데, 심혈을 기울여서, 온생애를 바쳐서와 같은 삶의 태도를 탓할 일은 아니다. 오후에는 마스크를 벗고 긴 산책길에 나서야겠다. 소설 속에서 소설가 몰래 빠져나온 등장인물처럼. 영화 속에서 튕겨져나온 소소한 배역처럼.

오해

●　●

　국민학교 때 생각. 내가 다닌 건 초등학교가 아니라 국민학교
다. 국민학교를 치면 워드는 자동으로 초등학교로 변환된다. 이
것도 자잘한 폭력이다. 나는 초등학교를 다녀보지 못한 사람이
다. 그때 그 시절, 학년이 바뀔 때마다 우리는 가정환경조사서라
는 것을 작성했다. 자기 집의 생활정도를 상, 중, 하로 표기하는
항목이 있었는데 나는 늘 중에다가 동그라미를 쳤다. 피아노,
수영장, 자가용 같은 것이 있는 집이 상이다. 그런 물건이 있을
리가 없으므로 상이라고 표기할 수 없었고, 끼니를 걱정해야
하는 처지도 아니었기에 하라고 표기할 수 없어서 나의 선택은
늘 중이었다. 그리고 안심했다. 그때부터 나는 앞자리나 뒷자리
가 아닌 중간에 숨는 습관이 몸에 배었는지 모른다. 오해는 그것
의 실상이 벗겨질 때까지 오랜 시간이 걸린다. 오해가 이해의
전부일 때도 있다. 한때나마 중산층이라는 착각을 가졌던 것도

국민학교 시절의 오해로부터 비롯된다. 모난 돌이 정맞는다는 속담도 이 부근에서 내면화 된다. 나의 시도 젊잖다. 너무 젊잖다. 젊지 못하다. 평생을 압도해버린 성공적인 오해여. 잘 가시라. h.

시창작 수업

나는 이제 내가 감당했던 시창작 수업에 대해 말하기로 한다. 그것은 과거이기도 하고 현재이기도 하다. 과거완료시제이기도 하고 현재진행형이기도 하다. 무모함이기도 하거니와 싱싱함이기도 하다. 그것은 안다고 가정된 주체의 자기실험이기도 하지만 특정할 수 없는 누군가를 향한 허풍이기도 하다. 가령, 시창작 수업에 참가한 수강생 중 한 명이 시쓰는 방법을 알려달라고 말했을 때 나는 측량할 수 없는 절망과 당황감을 감출 길 없다. 내 안에 있을 때 분명하던 것도 누군가에게 건네주려 할 때는 막연해진다. 나는 완전히 무력해진다. 이 문제를 시 일반의 문제라고 하지는 않겠다. 시를 쓰겠다는 일념이 어디서 발원했는지 정확히 아는 것은 쉬운 일이 아니다. 어디선가 읽었던 시가 한 사람의 내부에 시적인 불꽃을 불러일으켰을 것이다. 그 역시 타자의 흔적이다.

시를 잘 쓰고 싶어서 열이 오른 사람을 도와 줄 길이 없다. 그것이 시 앞에 선 주체의 진실이다. 열심히 쓰세요. 형용사를 아끼세요. 남 따라 쓰지 마세요. 많이 읽으세요. 이런 조언은 이제 누구의 귀에도 들리지 않는 말이다. 그러나 한 가지. 나의 시창작 레슨이 수강생들에게 은밀하게 기여하는 바는 있다. 시는, 나아가 좋은 시는 우리의 환상에 값한다는 사실을 끊임없이 토설한다는 점이다. 다행스러운 것은 수업에 참가했던 어떤 수강생도 나의 지론을 귀담아듣지 않는다는 사실이다. 나는 잡음이다. 칠판을 등지고 시에 대해서 떠들 때마다 나는 허공을 걷는 착각에 휩싸인다. 딛는 곳마다 발이 빠져서 온 생애가 함몰되는 기분 말이다. 그때마다 나는 시를 가르치겠다는 누군가가 아니라 어떻게 해도 시는 전달되지 않는다는 갈등 속에 놓이는 소설적 주체가 된다.

시를 가르치겠다는 욕망과 시를 배우겠다는 욕망이 얼마나 근거 없는 것인지를 임상적으로 확인받는 순간이다. 그야말로 밑 빠진 독에 물붓기다. 시창작 수업을 마치고 교실을 나오면 잘못 꾼 꿈을 깬 듯 하다. 그제서야, 비로소 나는 갈 곳 없는 시인이 된다. 일용할 양식과 읽어야 할 책과 끊임없이 다가오는 잡사와 잡념들 속에서 나는 터무니없이 외롭고, 나는 초라하고, 나는 확실하게 궁핍한 인간으로 전환된다. 시창작 수업 안에서의 나와 수업 밖에서의 나는 이렇게 다르다. 이때 지나가던 누가 시에 대해서 묻는다면 나는 모른다고 말하리라. 그것만이 정답이다. 서울의 어느 거리에서 한물간 가요를 들으며 자판기 커피를 마시고 싶다. 점잖은 대화 사이로 불쑥 끼어드는 쌍욕 같은 게 시가 아닐까. 갑자기 찢어진 청바지 같은 시가 읽고 싶어지는군.

차나 한 잔

● ● ◦

오늘 공식적인 봄비
작고 무모한 결심이 비에 젖는다
차나 한 잔
차나 두 잔

마스크 없음

● ●

페스트에 감염된 오랑 시내를 걸어가듯이 신종 코로나19 공포에 붙잡힌 종로를 걸어간다. 사람들은 마스크를 낀 채로 대화를 나누고 담배를 피우고 커피를 마시고 치킨을 먹고 맥주를 마시고 키스를 한다. 신종 코로나19는 신종 코리아19로 번졌다. 마스크를 착용한 시민들은 시인이다. 침묵은 그들이 쓰는 시다. 정부도, 대통령도, 성직자도, 시장도, 각종 빠와 무빠들도 모두 베허라. 무지와 무능과 무정부상태의 3무가 도도하게 흘러간다. 나라가 대충 망가진 학예회 풍경 같다. 연출가는 어디 가고, 무대 위 배우들은 각자 울고 있다. 코리아는 현재 국민 전체가 자가 격려 중이다. 약국 출입구에 황망한 필기체로 쓰여진 붉은 글씨가 이 분위기의 상징 같다. 마스크 없음. 2020년 2월 24일 음력으로 2월 초하루 서울의 요약이다.

시인 약전(略傳)

시인은 시인이라기보다 시인에 가까운 사람이다. 그의 일생
은 어딘가 평일 오후 4시의 느낌을 닮았다. 한번도 정오처럼
뜨거웠던 정점이 없는 삶이다. s는 지방지 신춘문예에 시가 당선
되면서 시인의 길에 올랐지만 그 흔한 시집 한 권 없다. 오다가
다 그저그런 문예지에 원고료 없이 한 두 편의 시를 발표하면서
시인의 명백을 유지한다. h는 그를 어떤 문예지 시상식장에서
우연히 만나 지금까지 미지근한 교유를 유지해오고 있다. s와
h는 1년에 두어 번 정도 만난다. 반연간인 셈이다. h가 아는 그는
꽤나 문학적인 인간이다. 어째서? h가 아는 s는 문학에 관한한,
시에 관한한 이렇다 할 입장이 없다. 다시 말해 어떤 주장도
가지고 있지 않다. 그에게서 시에 관한 이야기를 들은 적이 없다.
그는 거의 없는 시인이다. 그는 적어도 자기를 지우는 방면에서
는 귀재다. 이런 s를 만나면 왠지 h는 그에게 무시받고 있다는

느낌을 지울 수 없다. 강을 건너간 사람 앞에서 강을 건너려고
허우적거리며 개헤엄을 치는 꼴이 되는 기분을 지울 수 없다.
왜 h는 s 앞에만 서면 작아지는 걸까. 부끄러워지는 걸까.

새벽 세 시의 글쓰기

● ● ●

새벽 세 시는 새벽 세 시다. 두 시와 다르고 네 시와 같지 않다. 세 시만의 고유한 느낌이 있다. 이 시간은 다들 깊이 잠든 시간이다. 새벽 세 시에 깨어 있어야 하는 인생도 있다. 항해사, 조종사, 간호사, 고속도로 휴게소 점원, 신문배달원, 노인, 도둑, 취객 등등, 그 가운데 시인도 추가된다. 새벽 세 시는 시인을 흔들어 깨운다. 시인을 잠들지 못하게 한다. 다 그런 것은 아니다. 어떤 시인에게만 한정되는 조건이다. 새벽 세 시는 어제의 일과 생각들이 납덩이처럼 가라앉는다. 다가온 새날이 문밖에서 기다린다. 그 시간에 잠들지 않고 깨어있다는 사실만으로도 누군가는 시인 자격이 있다. 새벽 세 시에 깨어있는 사람은 시인이 아니더라도 자기를 근본적으로 숙고하는 존재다. 숙고의 내용은 다양할 것이다. 소소하고 세세하고 시시콜콜한 것이 새벽 세 시에는 거대담론이 된다. 오래 전에 누군가에게 던졌던 말이 되돌아와 h를 콕콕 쑤신다. 아무도 읽지 않는 시집, 답이 없는 문자, 거리에 떨어진 흰 마스크, 전철 계단에 뱉아진 가래침, 경로석에 큰소리로 통화하는 노인, 두꺼운 보르헤스, 트롯을 열창하는 20대 청년, 북한 통일신보에 실린 소설가 박태원의 얼굴, 환속한 스님, 시집 출판을 거절한 편집자, 대통령탄핵 청원, 길거리에서 성호 긋는 여자, 마스크 쓴 대통령, 시 한 편에 2만원 주는 문예지, 이제 어쩔 수 없다는 생각, 새벽 세 시는 하루의 요약판이다. 이 모든 쓸쓸함과 고요함이 한자리에 모이는 가련한 순간이다. 미움도 분노도 애정도 열정도 순식간에 서로 포옹하면서 닮아버린다. 평지이자 하나의 지평이다. 이런 순간을 기다려 h는 창문을 조금 열고 무엇인가 쓰고 싶어진다. 새벽 세 시, 이 순간만을 기다려온 초심자처럼 책상 앞에 바짝 당겨 앉는다.

셸리 맨의 긴 드럼 솔로

● ● ●

h는 오늘 단독 산행을 했습니다. 갑자기 경어체를 쓰고 싶어졌습니다. 경어체의 공손함과 존중심을 문장에 담고 싶은 날입니다. 산행이라야 늘 가던 산이었고, 등산 코스 역시 똑같았습니다. 산행에 걸린 시간은 4시간입니다. 2시간이면 될 코스를 일부러 완행으로 잡았기 때문입니다. 산행에 목표나 목적이 있어서는 안 된다고 생각합니다. 가다가 말다가 하는 걸음을 즐기자는 계산입니다. 배낭에는 물병, 김밥 한 줄, 귤 두 개, 초콜릿이 들어 있습니다. 초콜릿은 혹시 길을 잃었을 때를 대비하라고 아내가 넣어준 구난용입니다. 아내의 배려를 생각해서라도 길을 좀 잃어야겠습니다. 배낭이 가벼워서 책도 한 권 넣었다가 도로 꺼냈습니다. 산에서 책을 읽은 적은 없습니다. 산에서 책을 읽는 것은 경솔한 짓입니다. 책읽는 사람이 할 짓이 아닌 것이지요. 걸음을 옮길 때마다 머릿속에 들어있는 알량한 알음알이들이 바

짓가랑이를 통해 줄줄이 도망갔으면 좋겠습니다. 다 쓰잘데기 없는 개념들입니다. 무엇보다 그것들은 h의 것이 아닙니다. h가 빌린 것들이지만 거의 h를 지배하고 h를 부려먹고 있습니다. 그렇다고 뭐 h 것이라고 할 만한 게 있는 것도 아닙니다. 숱한 개념 속에서 기생한 셈입니다. 개념, 이론, 논리, 신념을 머릿속에서 삭제하고 싶습니다.

진달래는 감감합니다. 가을에 떨어진 나뭇잎들이 길 위에 수북합니다. 발에 밟히는 죽은 잎들이 내가 걸쳤던 지식이나 개념의 빈 껍질 같습니다. 사소한 깨우침입니다. 이 글을 한 편의 에세이로 생각하는 독자도 있을 겁니다. 개념적으로만 본다면 어긋난 판단도 아닙니다. h가 굳이 소설이라고 떠드는 것은 상식적인 개념의 고집에 동의하기 싫어서입니다. 소설 같은 소설도 있고, 소설 같지 않은 소설도 있겠지요. 개념에 속지 않으렵니다. 늦었지만 개념은, 적어도 h가 가진 개념은 다 파괴되어야 합니다. 그런 가설들에 매달려 세상을 살았다고 생각하면 억울하지요. 하소연 할 데가 없습니다. 개념의 어릿광대가 되지 말 것. 그것만이 경축입니다. 하산길에 농담처럼 가볍게 길을 잃어버리고 배낭에서 초콜릿을 꺼내 입에 집어넣었습니다. 모든 구멍의 허기. 뻔하게 아는 길 위에서 길을 잃는 맛은 일종의 쾌감이었습니다. 즐겨 부르는 노래의 가사를 잊어버렸을 때와 비슷한 느낌입니다. 지금은 자정이 한참 지난 시간, 다 무시해버리고, 탄생 100주년을 맞은 셸리 맨(1920~1984)의 긴 드럼 솔로를

듣는 중입니다. 갔던 길 다시 갔다가 똑같은 방식으로 다시 길을
잃고 혼자 흐뭇해지는 밤입니다.

어느 우상학자를 위하여

●　●

h는 매일 그곳으로 출근한다. 그곳은 제자가 운영하는 조그만 카페다. h가 퇴직했다는 소식을 들은 제자가 h를 고용했다. 비정년 파트 타임이다. 제자가 h에게 맡긴 업무는 생각보다 간단하고 일견 코믹하기까지 하다. h에게는 커피 한 잔과 카페에서 제일 선망되는 좌석이 두 시간 동안 보장된다. 제자는 그에게 일주일에 이틀 혹은 사흘 정도 카페의 같은 자리에 앉아서 독서하는 모습을 연출해달라는 것이다. 정말로 책을 읽는다기보다 책을 읽는 척하는 여러 포즈를 원했다. 예를 들면 탁자 위에 서너 권의 책을 쌓아놓는다든가 그 중의 한 권을 손에 들고 읽으라는 것이다. 아니 읽는 척 하는 포즈를 그럴 듯 하게 지어야 한다. 읽지 말고 읽는 포즈를 원한다고 제자는 몇 번 강조했다. 이룬 것은 없지만 평생 책을 끼고 산 그였다. 이룬 것이 없기에 전생애가 책을 읽는 척 하는데 바쳐졌다는 사실이 어떤 실감을

던져준다. 서글프지만 서글플 것도 없지만. 이건 그의 생애 전반을 지배하는 기본음계다. 책의 장르는 제한 없지만 되도록 그의 전공이 문학이므로 문학이었으면 좋겠다는 것이 제자의 첨언이었다.

h는 제자의 요구에 동의했고, 화수목 3일간 오후 2시에서 4시까지 카페에 출연하게 되었다. 카페는 대충 30여 명을 받아들일 수 있는 크기로 보인다. 실내는 네모반듯한 모양이고 탁자와 탁자 사이는 가림막이 없어서 어느 위치에서나 손님들이 서로를 바라볼 수 있는 개방형 구조다. 첫날, 그는 행인들이 훤히 보이는 창가에 자리잡는다. 기차에 앉아 창밖을 내다보는 여행객 느낌이 온다. 색다른 분위기가 새삼 낯선 감정들을 건드린다. 오후 두 시에서 네 시 사이에 카페에는 제법 손님이 있었다. 테이블 반 정도가 손님으로 찼다. 그 정도를 그는 제법의 차원으로 이해한다. 그의 자리는 예약석이라는 글씨가 인쇄된 표지가 있어서 손님이 앉지 않는다. 그는 가방을 의자에 놓고 점잖게 (점잖은 척) 자리에 앉는다. 알바생이 아닌 주인이 직접 커피를 가져온다. 선생님이 좋아하시는 커피에요, 과테말라. 사실, 그 즈음 얼마 전부터 그의 커피 취향은 약간 달라졌다. 브라질 산토스로 취향이 조금 변하는 중이다. 제자는 지금 그의 입맛을 맞추지 못한다. 그는 생각한다. 괜찮다. 내일이면 과테말라로 회귀할지도 모른다고 h는 생각한다. 아예 자판기 커피로 귀의할 수도 있다.

h는 커피를, 천천히, 입술에 적셔 본다. 순간, 어떤, 아늑하고,

향기로운 삶의 물결이 지나간다. 그는 자기도 모르게 눈을 살짝 감는다. 몸이 망각한 쾌감 같은 것이 온몸으로 번진다. 척추가 순간적으로 긴장한다. 물론 그건 아주 잠깐이다. 물론 그건 그냥 그의 생각일 수도 있다. 물론 그건 아예 없던 느낌일지도 모른다. 그는 얼른 감았던 눈을 뜨고 자신의 업무를 깨우치기 시작한다. 책을 읽어야지. 읽는 척 해야지. 그는 가방을 열고 책을 꺼낸다. 전부 세 권이다. 세 권을 다 읽는 것은 물론 아니다. 두 권은 탁자 위에 올려놓고 한 권은 손에 들고 있으면 된다. 일종의 소품인 셈이다. 백민석의 소설 『버스킹!』, 박태원의 단편선집 『소설가 구보씨의 일일』, 김정남의 비평에세이 『비평의 오쿨루스』가 그가 꺼내놓은 오늘의 업무용 책이다. 박태원 것을 빼면 다른 두 권은 독서 전인 책이다. 세 권 모두 그가 읽고 싶거나 다시 읽고 싶은 저자들이다. 그러나 지금은 저 책들을 읽는 시간은 아니다. 단지, 읽는 폼을 잡으면서 책과 놀아야 한다. 그게 오늘 그에게 부과된 일이다. 그가 손에 든 책은 『비평의 오쿨루스』다. 손에 잡히는 질감이 부드럽다. 책의 페이지를 후루룩 후룩후룩 넘긴다. 책이 저절로 넘어간다. 지옥에서 시쓰기, 서정을 읽는 눈, 시는 어떻게 오는가, 벙어리 여가수. 이런 활자들이 휙휙 눈에 들어온다. 그는 자기도 모르게 활자에 이끌려서 읽어 버린다. 읽어서는 안 된다. 그는 도리질을 치면서 다시 책을 고쳐 잡는다. 판권에 눈이 간다. 우리 시대의 시와 문화에 관한 에세이라는 부제가 읽힌다. 2019년 10월 15일 인쇄, 2019년 10월

25일 1판 1쇄 발행이라는 작은 글씨가 또 읽히고 만다.

h는 책을 탁자에 내려놓고 주위를 살펴 본다. 그동안 반 정도 찼던 테이블이 다시 반으로 줄었다. 책을 보고 있는 그를 의식하는 손님은 아무도 없다. 그때, 제자가 커피를 한 잔 더 갖다 주면서 말한다. 저기서 봤는데요, 선생님 연기가 대체로 흠잡을 데가 없어요. 저는 만족합니다. 다만, 선생님이 보는 척이 아니라 정말 책을 읽는 느낌을 줄 때가 있었습니다. 그건 ng입니다. 아셨죠? 그랬니? 들켰군. 활자가 살 활(活)이라 그런가 글자가 살아서 눈으로 자꾸 기어들어오네. 조심하겠습니다, 사장님. 조심하세요. 제가 갑이거든요. 그리고 갑은 자리를 떴다. 갑은 시를 쓰겠다고 그의 연구실을 드나들던 문학도였다. 한때는 그랬다. 그가 알기로 제자의 카페는 생계형이 아닌 걸로 안다. 돈 나오는 데는 다른 곳이 있는 것 같다. 같다라는 뜻은 이렇다 할 증거가 없어서다. 그가 생각하기에 카페는 제자가 벌여놓은 일종의 알리바이 같은 것이다. 열심히 일한다는 시늉이다. 그러니까 한때 자기의 선생이었던 그를 불러다 앉혀놓고 책 읽는 척 하면서 소일하라는 명령도 그녀다운 퍼포먼스의 한 대목이다. 책을 좋아하시나 봐요? 누군가가 그렇게 말해주면, '아, 뭘요, 그냥' 이렇게 너스레를 떨면서 시침을 떼고 싶은데 아직 그런 일은 일어나지 않는다.

제자와 계약한 한 시간의 절반이 그렇게 흘러갔다. 대체적으로는 성공이다. 그런 자평을 하고 있는데 제자가 밖으로 나간다.

그는 자기도 모르게 계약을 위반하면서 책을 읽기 시작한다. 장시우 시인은 이번 시집을 통해 '사운드 콜렉터'의 면모를 유감없이 보여주었다. 우주의 기척, 그 안에 있는 모든 존재의 미세한 떨림을 건져 올리는 그녀는, 우리 생에 깃들어 있는 고요와 평화, 아픔과 상처들을 신비한 청음력으로 예민하게 포착한다. 웅변하지 않고 소리 내어 울지 않는 그녀의 시는 나직하고 고적해서 아름답다. 온갖 소음으로 가득 찬 아비규환의 시대 속에서 이렇게 맑고 투명한 소리를 지어내다니, 이것이 곧 시와 시인의 위의(威儀)가 아니겠는가.『비평의 오쿨루스』206쪽이다. 거기까지 읽고 있는데 제자가 다시 카페 안으로 들어왔다. 그는 들킨 듯 해서 얼른 책을 덮고, 이번에는 백민석의 소설집을 집어든다. 그는 자연스런 체인지업을 통해 책을 읽었다는 기만을 덮어버린다. 백민석의 소설은 그가 손에 잡고 단숨에 읽었다. 다른 주석을 달고 싶지 않다. 록음악을 소설에 녹여낸 문장을 읽어내는 동안 즐겁고 행복했다. 백민석 찐. 이미 완독한 책이어서 보는 척 하는 게 어렵지 않았다.

카페에 들락거리는 손님층의 평균은 종잡기 힘들었다. 그런대로 어림으로 보자면 40대 초중반의 여자가 중심층이다. 40대는 그야말로 어림일 뿐이다. 겉으로만 봐서는 나이를 판단하기 어렵다. 그는 그냥 자기 자리만 지키고 앉아서 자신에게 부과된 시늉만 하면 된다. 책을 읽는 몸이 만들어지지 않으면 읽어도 눈으로 스치기만 할 뿐 활자가 삼켜지지 않는다. 읽다가 읽던

줄 놓치고 처음부터 다시 읽기도 한다. 헛읽기다. 정작 읽지 말자고 하니까 몸이 읽는 쪽으로 움직인다. 그는 화장실을 다녀와서 다시 자리를 잡는다. 절대 읽지 말아야지. 이번엔 책의 표지만 어루만져 본다. 표지에는 7인조 버스킹 사진이 사용되었다. 이 정도면 버스킹 치고는 캄보밴드다. 기타 세 대, 아코디언, 클라리넷, 더블 베이스 두 대다. 버스킹 음악이 코팅된 종이를 뚫고 울려나오는 느낌이다. 락이다. 뒷표지 글이 눈에 든다. 읽지는 말자. 그래야지. 그는 눈을 들어 실내를 한번 둘러본다. 조용하다. 제자는 정작 손님인 듯이 손님 테이블에 앉아 책을 보고 있다. 저 액션은 연기가 아니라 진짜 읽는 모습이다. 이미 책 속의 어떤 분위기나 풍경 속에 들어가 있는 몰아의 스냅이다. 그는 이때다 싶어 뒷표지 글을 읽기 시작한다. 오늘은 어떤 음악에 끌리시나요? 한 소설가를 탄생하게 한 음악적 취향에서 시작된 열여섯 가지의 이야기. 훌륭한 작품을 남긴 예술가가 가난하게 살거나 불행하게 산 경우는 많다. 우리는 그런 예를 꽤 알고 있다. 예술은 꼭 부나 당대에서의 성공과 함께 가지 않는다. 『버스킹!』은 바로 그런 예술가들에 대한 내 애정(과 슬픔과 존경)을 담은 책이다('작가의 말' 중에서). 그는 뒷표지 글을 읽고 조용히 책을 덮는다. 그리고 창밖으로 눈을 돌린다. 초봄이다. 아지랑이 같은 것이 얼핏 유리창에 스몄다. 소설의 뒷표지 글을 읽으면서 깊은 연민이 참아지지 않는다. 예술가에게 성공이란 무엇이람. 실패는 또 무엇이람. 그는 이런 몹쓸 생각에 붙잡힌다. 그에게는 깊은 우울감이 밀려온다. 근거 없는 상실감도 같이 온다. 눈치 챘다는 듯이 한때 시를 썼던 주인이 그의 테이블 건너편에 와 앉는다. 제자가 말했다.

"커피 더 드려요?"

"아니."

"어떠세요?

"백민석?"

"오늘 무보수 아르바이트요."

"책 읽는 연기는 좀 그래. 트릭이니까."

"카페의 풍경 하나 만들고 싶었어요."

"실패작일거다."

"괜찮은데요."

"세상에서 추방된 노시인 한 사람이 카페 구석에서 책을 읽고 있다."

"문장은 있어 보이는데 현실은 궁핍이지뭐."

"제가 그런 허영기가 좀 있거든요."

"자네 눈 속이면서 읽는 맛은 있었다."

"선생님이 백민석 읽는 거 놀랐어요."

"나 이것저것 막 읽어."

"백민석이 이것저것이에요?"

"말이 헛나갔다."

"요즘 저는 『리플릿』 읽고 있어요."

"다 보고 빌려줘."

"사 보세요."

"난 퇴직자다."

"「철서구」 보셨지요?"

"우한 폐렴으로 상영관이 휴관했어."

"전 미리 봤거든요.

"러닝타임 아홉 시간 십 팔분? 장대하여라."

"꼭 보세요."

"중국을 혐오하면서 중국 감독의 영화 보고, 일본을 싫어하면서 일본 소설을 읽는 거지. 이건 뭐지?"

"취향엔 국적이 없지만, 역사에는 국적이 있습니다."

"그럴 듯한 변명."

"백민석이 『리플릿』에 쓴 말이에요."

"당분간 백민석을 파게 되겠군."

"백민석이 최근에 기차를 타고 시베리아를 횡단했더군요."

"음."

"무슨 뜻이에요."

"부(끄)러운 탄식."

"선생님, 빨아드릴까요?"

"뭘?"

"손수건 말이에요, 지저분해요."

"괜찮다."

"오늘, 일당 대신 저녁에 한 잔 하실래요?"

"불감청 고소원이지."

"요즘 저를 좋아하려는 손님이 준 양주를 따지요."

"고마운 분."

"제가요?"

"신원 미상의 남자분."

"이것도 작가 미상이지요."

"무슨."

"플로리안 헨켈 폰 도너스마르크의 영화요."

"처음 듣네."

"선생님은 중간에 화장실 한번 가셔야 할 걸요."

"왜?"

"러닝타임 189분이니 세 시간 십오 분이거든요."

"장률과 홍상수도 개봉박두야."

"참, 일관성 있으세요. 그쵸?"

"한 사람 더 추가야. 정성일. 몇 시에 나가?"

"지금요. 알바생 오고 있대요."

"너무 환하다."

"낮술! 선생님 좋아하는 거. 술은 밤에 마신다는 생각도 우상이잖아요."

"그런가."

"왕년의 선생님 지론이거든요. 일어나시지요."

오후 두 시의 글쓰기

● ●

오후 두 시는 한 시 이후다. 새벽 세 시가 아니다. 저녁 일곱 시도 아니고 오전 아홉 시 무렵도 아니다. 지난 밤 줄거리 없는 긴 꿈도 사라진 시간이다. 어제의 사소한 시비들도 말끔히 지워진 머릿속 화면이 투명하다. 이제 그곳에다 자판을 두드리면 된다. 무엇을 쓸지는 손가락이 알고 자판이 안다. 잠깐. 작업을 시작하기 전에 필수적인 워밍업이 필요하다. 그것은 글쓰는 자의 예의다. 무조건 써대는 것은 미련한 씨름과 다름없다. 우선 커피 한 잔. 커피 공양은 몸에 대한 예배다. 다음은 라디오를 켠다. 운 좋으면 말러의 전곡이 선곡되는 날도 있다. 대체로는 베토벤, 차이코프스키, 바흐의 음악들이 마치 내 시간이라는 듯이 유유하게 흘러간다. 뉴욕필일 때도 있고, 북독일 라디오 필하모니일 때도 있다. 지휘자가 나오기 전까지 단원들은 각자의 악기를 다듬거나 묵념 상태로 앉아 있다. 이윽고 지휘자가 나오

244

면 단원들은 기립하고 제1바이올린 주자가 발딱 일어나 지휘자를 맞이한다. 둘은 가볍게 악수한다. 둘은 그 순간이 행복할거다. 오케스트라의 변방에서 트럼펫이나 트럼본을 들고 있는 남성들은 조금 무안하다. 권력적으로 또는 음악적으로도 무안함이 몸에 밴 표정들이다. 현악기 주자들에 비한다면 그들은 이른바 한직이다. 없어도 그만은 아니지만 존재감을 각인하기 힘든 입장이다. 그들이 시인이라면 오후 두 시에 생각하는 과장인가.

오후 두 시는 쓸데없는 칙칙함이나 끈적거림이나 과장을 허용하지 않는다. 자기 기준을 주장하지 않는 무소유의 시간이다. 글은 장르를 불문하고 투명하고 담담해질 것이다. 둘레길을 한적하게 걷는 기분이 된다. 오후 두 시쯤 쓴 글은 다른 시간대보다 수정 내용이 훨씬 줄어든다. 자판을 두드리기 시작하면 음악이 귀에 들어와 흥건해진다. 오케스트라가 등 뒤에서 응원하는 것 같아서 기분도 좋아진다. 지휘자의 지휘봉이 화면을 가리킨다. 더, 더. 아니지 거기는 그런 어휘를 쓰면 안 되지요. 얼른 단어를 바꾼다. 그래요, 그게 더 어울리지 않아요. 손가락과 오케스트라가 협업하는 순간이다. 한번쯤, 자판을 두드리다가, 손가락과도 생각과도 등뒤의 협업자인 오케스트라 지휘자와도 상관없는 길로 빠지고 싶은 유혹을 느낀다. 식도 법도 없는 글쓰기. 그런 꿈 누구에게나 있을 것이다. 전위나 실험이라는 생각 없이, 그런 범주와 상관없이, 실패나 성공이라는 독자의 평가와도 상관없이 말이다. 좋은, 훌륭한, 가치 있는 작품이라는 평가는 지저분한 주례사다. 오후 두 시에 쓰는 글은 실패하기 어렵다. 만약 실패한다면 그 글은 꽤나 성공적인 글이 될 것이다. 이제, 시작하자.

재즈

●　◉

　1930년대. 당대 미국 최고의 음반사인 콜롬비아 레코드사 사장이 술집에서 별명 프레지던트로 불리던 레스터 영의 연주를 들었다. 그는 레스터 영의 즉흥 연주에 반했다. 저 친구 꼬셔서 판을 내야겠다고 생각한 사장은 정작 몇 년 뒤에야 레스터 영을 만나게 되었다. 사장은 영에게 말했다. 자네 음악 죽이더라. 우리 판 내자. 영의 대답은 간단했다.

　그때 연주한 곡은 지금 연주할 수 없습니다. 죄송합니다.

사소설적 진실

● ●

h는 오늘 이메일 한 통을 수신한다. h가 의뢰한 산문집 원고에 대한 출판사측 회신이다. 메일은 원고를 충분히 검토했으나 출판이 여의하지 않다는 정중한 거절의 내용이었다. 출판사로부터 거절을 당해본 경험이 한두번이 아닌지라 출판 거절은 병가지상사라 여기며 산다. 이것도 글쓰기의 일부다. 출판사들이 어떤 방식으로 거절하는가도 흥미로운 점이다. 예컨대, 원고를 받고 이틀 후쯤 상쾌하게 거절을 통보하는 곳이 있는가 하면 두어 달 쯤 뒤에 그러니까 원고를 보낸 사실도 잊고 있을 법한 시점에 메일이 오기도 한다. 대부분의 출판사는 묵묵부답으로 응답한다. 원고가 접수되었는지를 확인할 수도 없고 안 할 수도 없는 대략 난감상황을 견뎌야 한다. 자비출판을 하는 귀족이 아닌 한 5% 이하의 문필가는 이 고뇌 속에 있을 것이다. 그나저나 출판은 잘 돌아가고 있다. 투고되는 원고가 많아서 일일이 검토

하고, 회신하는 게 어려울 것이라는 출판사 입장을 너그럽게
이해하면서 견뎌야 한다. 오늘 아침 수신했다고 쓴 첫 문장은
내가 꾸며서 해 본 말이다. 성실하고 품위 있는 그러면서도 점잖
은 출판사라면 h가 가상으로 작성한 다음과 같은 회신을 보내지
않았을라나.

선생님.
보내주신 선생님의 귀한 원고를 편집팀에서 돌려가며 읽고
서로 의견을 나누었습니다. 선생님의 산문은 한국문단의
메인 스트림이 갖지 않은 생각들을 일관되게
추구하고 있다는 점이 놀라웠습니다.
그 점은 장점이기도 하지만 독자들에게 부담으로 작동할 수도
있을 겁니다.
선생님도 잘 아시겠지만 장르 표지는 산문집이라고 했으나
이 산문집은 일반적 의미의 산문과는 많이 다르다는 점을 필자
인
선생님도 인정하실 겁니다. 오히려 그런 특성이 좋다는 소수
의견이 없는 것은
아니었지만 부정적인 의견이 지배적이었음도 말씀드리지 않
을 수 없습니다.
죄송스러운 말씀인 줄 알지만 시면 시, 에세이면 에세이, 소설
이면 소설

이런 게 출판의 통념입니다. 그런데 선생님 산문은 말이 산문이지

선생님 표현대로 비빔밥이거든요. 시 같고, 소설 같고, 에세이 같은 형태가

뒤섞여 있습니다. 게다가 시나리오, 자작 인터뷰 형식도 포함되어 있어서

사실 저희도 당황스러웠습니다. 그러니까, 일반 독자들이

이런 혼란스러움을 받아들이려 할지 의문스러웠습니다.

이종격투기 같은 글쓰기라 해야겠습니다.

그렇지만, 이 다양함이 오직 시에 꽂혀있다는 점은

큰 미덕이었습니다. 물론, 좀 젊은 신입 편집자는 원고를 통일성 있게

재구성하면 내용의 선명성이 더 드러나지 않겠느냐는 제안을 하기도 했지만

다른 팀원들에게 받아들여지지 않았습니다.

장시간의 토론을 거쳤으나 우리는 선생님의 뜻있는 원고를

출판하는 쪽으로 가닥을 잡지 못하고 말았습니다.

밝은 결론을 전하지 못함을 죄송스럽게 생각하면서

선생님의 건필과 행운을 기원합니다.

작가의 생

● ●

h는 모월모일 전화 한 통을 받는다. 발신자는 모르는 남자다. 자신을 전기작가라고 소개하는 남자와 동네 카페에서 마주앉았다. 전기작가의 존재는 처음 듣는 일이다. 전기를 쓰면 전기작가겠지. 아마도 우리나라에서는 전기라는 것이 그리 신용 있는 분야가 아니라서 그쪽 전문가가 육성되지 않는지도 모른다. u라고 자신을 소개한 그는 명함을 내밀면서 대뜸 h의 전기를 집필하고 싶다고 했다. 그러면서 예의 u는 h에 대한 기본적인 정보들을 몇 가지 늘어놓았다. h는 그때마다 아, 예 하는 정도의 추임새를 넣었다. u로서는 h가 그의 말에 공감과 동의를 표하는 것처럼 보였을 게다. h는 속으로 좀 당황했고, 이 무슨 모차르트 꽹과리 두드리는 소린가 했다. 전기에 대해 생각해본 적이 없으니 할 말은 없지만 그게 전기 대상 작가의 허락이 필요한 일인지도 모르겠다. 머, 그건 중요한 문제가 아니다. u가 아니라 h 자신에

게 h는 묻는다. h는 전기가 필요한 인물이 아니다. 그건 우스개일 뿐이다. u는 그간의 h의 저서들을 다 읽었고 독자 이상의 호감을 가지고 있다고 강조했다. 한 작가의 문학의 전모가 온전히 밝혀지기 위해서는 작가의 삶이 함께 밝혀져야 한다는 게 u의 주장이다. u의 주장이 아니어도 그 문제는 상식에 속하는 문제다. 왜 h를 지목하고 있느냐고 되물었을 때도 u는 처음과 같은 말을 되풀이했다. h는 u가 오해하거나 실망하지 않는 선에서 정중하게 전기 집필 문제를 사양했다. 우선 h는 공개적인 전기를 가질 만한 작가가 아니다. 그것이 양보할 수 없는 이유다. 그 정도 선에서 전기 사건은 가벼운 해프닝으로 결론이 났다. 별 사람이 있기는 있구나. 그날 커피값은 h가 냈다.

기다리는 소식은 오지 않고 혼란만 가중시키는 소식이 들리겠군요. 아침에 본 운세풀이가 그리 어긋난 것은 아니었다. 작가의 전기를 쓴다는 일은 생각보다 가슴 벅찬 노동이라고 생각해오던 터다. 우리 쪽에도 역작에 값하는 전기가 없는 것은 아니다. 그러나 대체로는 살과 피가 도는 전기는 거의 눈에 띄지 않는다. 전기를 쓰고 싶은 것은 h의 소망이다. 그것은 한 작가를 사랑해야 한다. 작가에 대한 몰입과 전이가 없이는 성립하기 어려운 작업이다. 연보에 살을 보태는 정도의 전기를 넘어설 수 있는 힘이 있어야 한다. h의 관심 대상은 이미 소멸한 작가들이다. 이름은 거론하지 않겠다. 그러나 이 상상을 뒤집어서 h에게 대입해보면 많이 혼란스럽고 아득해진다. h 스스로도 객관화하기 어려운 생애적 사실들을 다른 사람이 써낸다는 것은 일견 납득하기 어렵다. 그거야말로 논픽션이자 장대한 픽션적 도정의 산물일 것이다.

가령, 지금 새벽 세 시를 향해 가는 이 시간에 h가 자판을 두드리며 야근을 하는 이유를 제대로 복원해 줄 전기작가가 존재할 것인가. 책상 위에 어지럽게 널브러진 상념들을 깔끔하게 떠올리게 해 줄 수 있을 것인가. 오늘 하루 h의 일상과 정치적 허무주의와 산책과 독서와 인터넷 검색 항목에 대해 증언해줄 수 있는가. h는 그런 의심을 버릴 수 없다. h의 삶이 재구성된 2차 텍스트에 대해서 h는 신뢰하기 힘들다. 남의 손으로 h의 삶이 쓰여진다는 일은 일종의 재앙에 다름 아니다. 덕담이나 비판이나 그게 그거다. h의 생각이 이렇다고 할지라도 누군가에게 회고된 내용이 더 큰 진실이 될 수 있다는 점에 당황할 뿐이다. 캐롤 스클레니카가 쓴 940쪽에 이르는 방대한 전기 『레이먼드 카버』의 마지막 단락에서 몇 문장을 옮긴다. "내가 뭘 원하는지는 모르겠다. 하지만 난 그걸 지금 원한다.' 카버는 자신의 작은 노트에 이렇게 써놓았다. 아마도 작가란 자기가 정확히 뭘 원하는지 절대로 알지 못하는 존재인지도 모른다. 그러나 카버는 자신의 초조함과 갈망을 따라 그것이 자신을 이끄는 대로 아주 어두운 곳과 그 너머까지, 자신의 어린 시절에 잠시 보았던 쉽사리 잡히지 않는 목적지—작가의 삶을 향해 나아갔다." 처음 본 전기작가 u를 다시 만나서 그의 일대기를 한번

들어보고 싶은 밤이다. 사우나에서 때를 밀어주는 세신사가 하는 일을 그에게 맡겨보고 싶다. u는 자꾸 묻겠지, 이 상처는 뭔가요? 그거요, 그거 일곱 살 때 눈 내리던 날, 엄마 심부름 가다가 넘어져서 난 겁니다. 꽤 아프셨겠군요. 그땐 그냥 그랬는데 요새는 가끔 거기가 희미하게 쑤십니다, 흐릿한 날이면.

검색

이 나이에 무얼 하겠어.
조용히 이 나이를 검색해본다.
얼굴 가린 바람이 분다.

상하이에서 돌아오던 날

● ● ○

『현대시』 2020년 3월호가 도착했다. h의 시는 신작 특집 제일 앞자리에 실렸다. h는 잡지를 펼쳐보고 천천히 놀랐다. 머, 그렇겠지. 데뷔 순서로 봐도 그렇고 나이로 봐도 그랬을 것이다. 시 하단에는 1983년 『문예중앙』이라 박혀 있다. h가 자연스럽게 h의 시대를 상실했다는 사실을 『현대시』가 h에게 공지하는 순간이다. 공식적인 세레머니다. 머, 그러나, 그게 새삼스럽다는 말을 하려는 건 아니다. 어느덧 문학적 잉여가 되었다. 어느덧이라는 말은 삭제해야 한다. 그 자리에 이미라는 부사어가 들어가는 게 맞다. 신작 특집 지면에서 박형준을 제외하고는 모르는 시인들이다. 모르는 시인들은 또 h를 어떻게 알겠는가. 거기까지는 걱정하지 말자. 별걸 다 걱정한다. 이것도 법정 노인의 증상일까. 그럴 수도 있다. 노인인데도 명퇴하지 않고 국회의원이나 대통령직을 수행하는 부류도 있다. 그러니 시야 머.

시인에게 정년이 있을까. 없다. 시인의 정년은 시 안 쓰는 그 날이다. 명예퇴직은 있다. 그건 개인의 선택 사항이다. 중국 후베이성 우한에서 발원한 우한 폐렴이 코로나19로 전환되는 과정에서 정부는 국민들에게 마스크 착용과 손씻기를 당부하면서 동시에 사회적 거리두기를 주문한다. h도 문학적 거리두기가 필요한 시점이다. 에두르지 말고 직선적으로 말하자. 문단을 대표하는 시인들은 나름의 공적 채무가 있어서 시쓰기에 골몰해야 한다. 그렇지 않으면 하루아침에 웃음거리가 될 수도 있다. 선두 대열에 있지 않은 시인들은 문학의 공적 책무에서 면책된다. h같은 사람. 자유로워야 하리라. 시를 쓰면서 경제적으로, 정치적으로, 사회적으로 이렇다 할 보상체계에 포함되어보지 못하면서, 그런 줄 번연히 알면서도 시에 종사하는 것은 무슨 의미인가. h는 이제 그런 생각을 정리해야 한다.

천문학자가 하늘의 별을 쳐다보듯이 써야 한다. 산골 암자에서 텃밭을 가꾸는 선승처럼 써야 한다. 막사발을 함부로 빚어내는 무명의 도공처럼 써야 한다. 그러면 된다. 그것은 무심도 무엇도 아니다. 자기 앞에 와 있는 시 혹은 시라는 어떤 난감을 어떤 난감한 언어에 무책임하게 담아보는 일이다. 그것은 선배 시인이나 동료 시인과의 시적 인연의 문제가 아니다. 단출하게 말해 이제 h의 시쓰기는 h와의 문제로 정확하게 환원된다. 무익하고, 무모하고, 오로지 몽매한 열정. 「상하이에서 돌아오던 날」은 그런 시의 한가운데다.

늘 정색하는 사람

어제는 모처럼 시쓰는 y를 만났다. 만났다기보다 만나졌다는 표현이 표현에 값한다. 5호선 광화문역 6번 출구 바깥으로 나왔을 때 입구로 들어서려고 계단을 내려딛던 그와 마주친다. 우리는 악수한다. 악수한 뒤 우한 폐렴 바이러스 생각이 났지만 이미 지나간 일이다. 그와 h는 서대문 방향으로 걸으면서 커피집을 찾았다. 카페 하나가 나타나고, 우리는 그리로 들어선다. 교편을 잡고 있는 y의 얼굴은 좋아 보인다. 내가 y를 안 것은 등단 지면이 같고, 그의 첫 번째 시집의 해설을 쓴 인연 때문이다. 그 후로 우리는 오다가다 만나는 사이가 된다. 만나도 그만 안 만나도 그만인 표준적인 사이다. y의 시에 대해 왈가왈부 하고 싶지는 않다. 그건 어차피 각자의 살림이다. 각자의 기준 즉 주관성이라고 해야 할 근거가 문학만큼 풍요로운 분야는 없다. 그런저런 이유로 h는 누구의 문학에 대해 판단하지 않는 편이다.

시장이 좋아하는 작가도 있다. 평론가 입맛에 맞는 작가도 있다. 연구자들이 매달리는 작가도 있다. 이도저도 아닌 작가도 있다. 사실 이 계열로 분류되는 작가의 수가 제일 많다. y는 요즘 문학시장의 흐름에 대해 이것저것 말을 한다. 그는 말수가 많은 편이 아니다. 시인 y에 대한 종합적 인상은 그가 정색하고 사는 사람이라는 것이다. 그의 정색과 그의 시는 판박이다. 그를 보면 그의 시가 보이고, 그의 시를 보면 그가 보인다. 이런 사정은 대부분의 시인들에게서 발견되는 일반론이다. 시를 자기에게 귀속시킨다는 뜻이다. 정색은 자기 시에 대해 책임진다는 인증과 같다. 이 역시 머라고 할 게 되지 못한다. 가면이 하나 뿐인 사람이라고 탓할 수는 없다. y는 뜻밖에도 커피랑 자기는 맞지 않는다면서 쥬스를 주문한다. 그 특이점만은 마음에 든다. 우리 시대 입맛의 큰 흐름에 동화되지 않는 그 취향을 y와 상관없이 h는 흥미롭게 생각한다. 그 순간 그가 갑자기 더 좋은 시인처럼 보인다. 그나 h나 각자의 가던 길이 남아 있기에 커피 마실 동안만 대화를 나누고 헤어진다. 그는 광화문 역 6번 출구 쪽으로 방향을 잡았고, h는 서대문으로 걸음을 옮긴다. 헤어질 때 본 y의 표정도 여전히 정색이다. 천천히 걸으면서 회고해보니 h에게는 정색이 없다. 자투리 생각을 정리하며 걷다보니 '내가 지금 어디로 가고 있지?' 하는 생각이 들어서 정색하고 뒤를 돌아봤다.

계속해보겠습니다

● ● ○

　h의 시를 읽어주기를 바랐던 누군가로부터 h는 까맣게 잊혀졌다. 시원하고도 오묘한 일이다. 그 누군가로부터 잊혀졌다는 말은 지워내고 다시 써야 한다. 잊혀지기 위해서는 먼저 기억되어야 하는데 h는 누군가에게 기억된 적이 없다. 잊혀졌다는 표현은 h를 두 번 죽이는 일이 된다. 반짝하고 사라지는 시인이 있다. 대부분 그렇다. 그건 세상의 윤리다. 반짝해보지도 못하고 사라지는 시인은 더 많다. 대부분 그렇다. 그 또한 세상의 논리다. 좀 오버하자면 신상품만 시다. 쓰여지는 순간 시는 용도폐기되는 물건이다. 대장간에서 고철을 녹여서 다른 물건을 만드는 과정의 반복을 닮는다. h가 쓴 시는 어쩔 수 없이 모두 h를 향한다. 시가 본래 그러하지만 h의 시는 더 자기지시성과 자족성에 충실하다. 풀숲에 뒤덮여서 인적 끊긴 오솔길 저쪽에 숨겨져 있는 쬐그만 암자의 고적한 열락이면 된다. h는 자신도 모르게

자기 안에 만들어진 글쓰는 근육을 만져본다. 시 쓰면서 만들어진 근육은 소설 쓰는 근육과 비슷하지 않다. 시 쓰는 근육은 섬유질이면서 속은 항상 자아로 꽉 차 있다. 속에 자아를 비추는 우물이 없다면 시적 근육이 아니다. 그나마 시인이 혼란스러우면 그의 우물에 시는 비치지 않는다. 시인이 할 수 있는 일은 하나뿐이다. 계속 글을 쓰거나 아니면 그만두거나. 가끔은 계속하는 동시에 그만두기도 한다. 부카우스키가 어디에서 쓴 문장을 h식으로 편곡했다. 하는 데까지 해봐야지.

11시 35분 경

지금은 2020년 3월 9일 월요일 밤 11시 35분 경이다. 5분 전에 h는 나보코프의 소설 『세베스천 나이트의 진짜 인생』을 몇 페이지 읽었다. '진짜 인생'은 The Real Life'의 번역이다. 참인생이라고 해도 괜찮았을 것이다. 어떻게 번역해도 real과 진짜 혹은 참은 같지 않다. 비슷할 뿐이다. 모든 번역은 '그렇다 치고'가 전제되는 읽기다. 그러려니 하고 넘어간다. 61쪽에는 h가 그어 놓은 밑줄이 보인다. 어떤 생각으로 그었는지 기억은 없다. 다시 읽어 본다. '현재의 입술에서 과거를 배울 수 있으리라 너무 확신하지 말라. 가장 정직한 브로커를 경계하라. 당신이 들은 것은 실제로는 세 겹임을 잊어서는 안 된다. 화자가 한 겹, 청자가 또 한 겹, 그리고 그 이야기의 망자가 둘에게 숨긴 것이 또 한 겹.' 이제는 방금 들은 얘기도 돌아서면 날아간다. 누군가에게 들은 얘기, 누군가에 해 준 말도 금방 잊혀진다. 망실된 부분에 대해 군살을 붙이게 된다. 화자에게는 화자의 사실이 되고, 청자에게는 청자의 사실로 굳어진다. 화자의 사실과 청자의 사실은 같지 않다. 사실은 있지만 누구도 그 사실을 충분히 말할 수 없다. 사실은 말해지는 순간 환상의 영역으로 편입된다. 환상은 만지면 바스라지고 사라져버린다. 소설이 살고 있는 마을도 이 근처다. 누락된 사실의 틈, 구멍을 메우는 작업이 소설일 것이다. 결론: 그래서 누구도 진짜 인생을 살 수는 없다. 다만, 진짜 같은 인생을 연기할 뿐이다.

다시 존 가드너

● ●

지난 20~30년 사이 미국에서는 문예 창작 프로그램이 활발해지면서 글쓰기 교육법도 개발되어 왔으며 해를 거듭할수록 전반적으로 교육의 질이 높아지고 있다. 이러한 변화가 바로 우리 시대 소설들과 시를 따분한 닮은 꼴로 만든 주된 원인이라고 개탄하는 사람들도 있다.

왜 다 태어나서 이 고생일까?

● ●

　여름이 끝나가는 시점에 문예지들이 일제히 출시되었다. 약속이나 한 듯이 업계의 관행을 재확인하듯이 문예지는 나타난다. 어떻게 한번도 결번 없이 이렇게 성실할 수 있을까. 독자는 그게 궁금하다. 문예지들은 만선의 고깃배처럼 시들을 가득 실었다. 시는 또 왜 이렇게 많은가. 너무 많지 않은가. 독자는 살기 바쁘다. 시는 누구를 위해 이렇게 태어나는지 모르겠다. 너무 많은 시는 너무 없는 거나 다름없다.

　나는 평범한 독자다. 회사원이거나 알바생이거나 비정규직이거나 백수이기도 하다. 여자이다가 남자이다가 트랜스젠더이기도 하고 트랜스를 후회하기도 하는 인간이다. 문지 시인선 400번대까지 대충 읽었지만 그리 큰 공명은 없다. 좋은 종이에다 멋있는 말을 찍어놓았구나. 이것은 시의 책임이 아니라 독자의 책임이다. 시인에게 시력 같은 것이 있듯이 독자에게도 독자의 자격 같은 것이 있다고 본다. 1종 독자, 2종 보통 독자 등등. 나 같은 3종 독자의 안목으로 보자면 시인들은 무슨 생각으로 시를 쓰는지 모르겠다. 시인들 말고는 아무도 시를 읽지 않는다는 사실을 시인들은 언제까지 모른 척 하고 있을 것인지 궁금하다. 어느 시인의 말처럼 시는 읽는 장르가 아니라 쓰는 장르라는 말이 옳은지도 모르겠다. 책방에 쏟아져나온 문예지들을 훑어보면서 드는 생각이다. 그래서 독자는 생각한다. 시는 시집 속에 있는 게 맞다. 시는 문예지 속에만 있기를 바란다. 독자의 소박한 소망이다.

그 많은 문예지의 시들을 다 읽는 것은 무리다. 가능한 일도 아니다. 독자는 그런 무모한 일에 도전하지 않는다. 목차만 보아도 그렇다. 같은 이름들이 여기저기 겹치기로 보인다. 자존심이 허약하거나 자기 필자가 없는 문예지일수록 필진이 화려하다. 독자가 보기에 그것은 허세다. 그런 문예지와 그런 문예지에 수록된 시까지는 읽지 않아도 된다. 이건 독자의 독자적인 생각이다. 정말 많은 시들이 쏟아진다. 시가 많다는 것은 시인들이 많다는 뜻인데 이건 무슨 현상인지 독자는 언제나 어리둥절한다. 절대 강자 없는 혼돈의 시대라는 경제 쪽의 워딩이 문학 쪽에도 적용된다는 말인가. 이 시 저 시 따라 읽으면서 몰려온 생각들이다.

그런 와중에 『문학동네』 가을호를 결재한다.

정확하게는 2019년 가을호 별책부록을 손에 들게 되었다. 100

호 특집이었다. 100호라면 25년간 문예지가 지속되었다는 뜻이다. 자고 일어나면 바뀌는 세상에서 25년씩이나 문학적 업무를 지속했다는 사실은 놀라운 일이다. 세상에 이런 일이! 25년이나 지속되어야 할 무엇이 남아 있단 말인가. 독자는 장기 집권에 반대한다. 문예지도 한국정치 습관에 걸맞게 5년 단임이 어울린다. 그러면서도 『문학동네』 가을호 별책은 의미가 크다. 이 특집에는 총 100명의 문인이 참가했다. 시인 40명, 소설가 60명이었다. 특집의 공통 설문은 "문학은 나에게 무엇이었고, 무엇이며, 무엇일 것인가?"다. 새로운 질문은 아니지만 '지금 이 단계'의 문학을 이해할 수 있다는 점에서 독자를 유혹하는 물음표가 되기에 충분성이 있다. 문인들의 글쓰는 속사정이 생생하게 튀어나와서 못 본 척 넘어갈 수 없다.

별책에 참가한 문인들의 선정 기준은 '지난 25년간 『문학동네』의 지면을 빛내주신 100인의 시인, 소설가'였다. 이 시대의 대표성을 가졌다기보다는(그렇기도 하겠지만) 각자 자기 자신을 대표하는 문인들의 화려한 콘서트 자리였다. 독자가 읽어온 시인이 라인업에서 여럿 누락되었는데 이런 문제는 어디에 문의해야 하는지 모르겠다. 시적으로 생략한다. 별책에는 시인들의 다양한 목소리가 실려 있다. 다양해서 좋다. 비슷한 목소리는 1도 없었다. 별책을 읽으면서 독자가 은근히 궁금했던 내용은 이른바 요즘 시들의 속사정이었다. 그들의 시적인 자술서는 자기 시를 충분히 보완하거나 해명하고 있었다. 시인이라면 모름지기 자기 시를 해명할 수 있어야 한다. 자작시 해설 수준이 아니라 자기 시의 근원에 대해서 설명할 수 있어야 한다고 본다. 물론 그 근원을 너무 잘 설명하는 시인은 언제나 의심스럽지만 그 의심을 독자들이 믿게끔(속게끔) 만들어주는 시인이 좋다. 별책은 그런 시인들의 스펙트럼을 잘 보여준다. 분명하게, 흐릿하게, 알 듯 모를 듯.

그들은 어느 순간 그들 이전의 시를 한심한 종잇조각으로 만들어버렸다. 그들 이전의 시는 이제 바람 빠진 타이어가 되었다. 안일하고 구태의연한 상상력, 빛바랜 감각, 속이 보이는 투명성, 고정화된 행구분, 삶을 뒤집지 못하는 어법들은 흘러간 옛노래가 되었다. 젊은 시인들은 모호해지면서 또렷해졌다. 그들은 다양하게 뿔뿔이 흩어지면서 하나로 결집했다. 그들이 난해성의 어떤 극단까지 시를 밀어붙이자 내 친구는 이렇게 말했다. 그딴 게 시야 뭐야. 당최 읽을 수가 없어. 이제 독자들이 겨우 붙잡고 있던 시의 끈을 놓아버리는 거 아냐. 나는 걱정하지 않는다. 김경주에게서 김소월을 찾을 필요가 없기 때문이다. 오은을 읽으면서 왜 황동규를 염두에 두지? 세계는 배반하면서 성장한다. (별책 61쪽)

안도현의 말이다. 아마 설문에 참가한 시인들의 연령대를 고려한다면 그는 고령자에 속하는 시인이다. '당최 읽을 수 없는' 시를 적당히 추어주면서 적당히 디스하는 '뒷방노인'의 중얼거림이다. 안도현의 문학적 대강이 드러났지만 이 생각은 안도현의 것만은 아니다. 별책의 앞부분에 실린 이 글이 기획의 총론적 부산물로 들려오는 이유도 여기에 있다. 시단의 현재를 바라보는 안도현의 시선은 '뒷방노인'의 말씀처럼 여유롭고 한가롭게 들려온다. 독자는 그렇게 읽는다. 물론 '당최 읽을 수 없는' 시를 쓰는 시인들은 반발할 것이다. 싱거운 시는 당최 NO! 우리는 문학적으로 남이다. 박수. 시는 이해되는 장르인가. 이해된다는 건 무슨 뜻인가. 젊은 시들은 좀 더 전진해야 하지 않겠는가. 적당히 눈치보면서, 서로를 참고하면서 전위성을 결락한 채 서로를 오염시키고 있는 건 아닌가. 독자는 가상적 환청에 시달린다. 시가 좀 난감하면 어떤가. 시가 좀 싱거우면 어떤가. 난감한 시는 더 난감해야 한다. 싱거운 시는 더 싱거워도 좋다. 좋은지 나쁜지 누가 아는가. 모두 난감하려 하고 모두 싱거우려 한다는 게 문제라면 문제다. 독자가 보기에 국내 리그에 치중하는 한국시가 그렇다.

'너의 거기는 크고 나의 여기는 작아서 우리는 매일같이 헤어지는 중이라지'는 김민정의 제목이다. 독자는 생각한다. 너무 크구나. 너무 작구나. 그러면 헤어질 수밖에 없겠구나. 그래서 김민정은 헤어지는 '중'이다. 이 문장이 가리키는 삶의 어떤 불가능성과 삑사리를 시라고 불러도 되겠다. '작년에 죽은 H 언니의 전화 목소리나 반복 재생하며 듣는데 왜 다 태어나서 이 고생일까? 이 대목에서 독자는 웃는다. 이유가 없다. 그냥 웃는다.

분비물 속에서 태어나 뭔가 있다는 듯이, 있는 듯이, 있을 것처럼 진지하고, 엄숙하고, 고상함을 연기하는 게 시인들이 아닌가 생각하다가 웃음끝을 싹 지웠다. 독자는 김민정의 물먹이는, 엿 먹이는 더 큰 걸 아무렇지 않게 먹이는 반이데올로기적 이데올로기를 재미지게 읽는다. 맞춤법에 충실하거나 문창과적 학습이 몸에 배었거나 개인 레슨을 받은 시인들의 미련한 창작 관습을 일거에 뭉개버리는 문학적 행패가 좋다. 보살이 춘성 스님에게 소견이 좁은 딸을 위해 좋은 법문을 해달라고 찾아왔다. 내 그 큰 것이 네 그 좁은 데 어찌 들어가겠느냐. 화롯불을 얼굴에 확 뒤집어쓴 것 같은 이 뜨거움만이 사랑스럽다. 해석은 각자. 기왕이면 더 큰 게 좋다. 나가는 척 하는 포즈가 아니라 확 나가버리는 시. 독자의 큰 입 속으로 쑥 들어가서 정신없이 10쇄 찍는 시 말고.

심보선은 말한다. "시는 안 쓰고 시 쓰는 생각만 하자. 그 생각만으로도 나는 충만감에 빠져든다. 그래, 내 삶을 시로 쓰면 열 권이 뭐야, 국회도서관이지. 시는 안 쓰고 시 쓰는 생각만 하는 사람은 뭐라고 불러야 할까? '상상시인'이라고 불러야 할까? 그래 일단 상상시인이라 부르자. 상상시인은 상상만으로 시를 쓴다. 실제로 시를 쓰지는 않는다." 대박이다. 상상만으로도 멋지다. 이 말이 멋진 것은 우리나라 시인들이 너나없이 '마치 시인인 듯이' 산다는 것을 배반하고 있기 때문이다. 마치 시인인 듯이, 마치 일급 시인인 듯이, 마치 문학상 타먹은 시인인 듯이.

그런 시인은 자기가 자기를 속이고 있거나 자신에게 속고 있다. 세상 문법에 너무 물든 사람들은 정치의 하수인 노릇을 하면 딱이다. 심보선의 뜻이 어디에 있든 그렇게 읽고 싶다. 그렇잖아도 독자는 너무 시 같은 시들에 질린다. 한 줄 쓰고 한 줄 띄우고, 독자는 지겹다. 의미에 헌신하는 시들은 독자에게도 무시당한다. 조심하세요들.

별책을 읽으면서 시인들이 고달프다고 생각한다. 애달픈 일이다. 그런 것도 모르고 시를 보면서 '이것도 시라고 썼는가'라고 생각했던 교만과 편견을 타박하게 된다. 어서 인공지능이 시를 작성하는 시대가 와서 시인들을 시쓰는 일에서 해방시켜야 한다. 시인들은 반발하겠지. 인공지능이 시인을 대신할 수 없다고 주장하거나 시쓰는 고통에서 놓여나고 싶지 않다고 국민청원을 넣으면서 집단으로 저항할 지도 모른다. 그런 날은 오고 있고 와야 한다. 시가 인간정신의 고유 영역이라는 생각은 무너진다. 반론은 많겠지만 그러나. 시인들은 심보선처럼 상상만으로 시를 작성해도 충분히 행복할 수 있다.

인공지능 활성화 이전까지, 그날이 오기까지 시인들은 이현승 같은 고뇌를 지속해야 한다. "첫 시집을 내고 나서 나는 그래도 그렇게나 독자가 없을 줄은 몰랐다. 거창한 예술적 명성까지는 아니더라도 작품집을 묶어 내면서, 그것도 창작집이라면 최소한의 반향과 소통을 기대할 법하다. 그러나 시집이 나오고 난 후 본격적인 리뷰가 단 한 건도 없었던 나는 최소한 글을 쓰는 이유에서 '세상의 요청'은 무시해도 되게 되었다. 일방적인 외사랑이어도 사랑은 마찬가지의 두근거림과 열병이 따른다. 그러니 나는 내 안에서 시를 써야 하는 이유를 찾게 되었다."

그래도 두 번째 시집을 내고 나서는 다섯 명 정도의 독자를 가지게 된 시인에게 재야 독자의 축하를 보낸다. 시 업계도 버티는 정신이 필요하다. 시인은 자기에게만 속해야 한다. '나는 나 외에 아무도 대표하지 않는다'고 소설가 이승우가 시인들 생각을 거들고 있다. 독자가 신용하지 않는 말이 있다. 나는 누구인가. 그건 거울 보면 알 것이고, 주민증 들여다보면 '나'는 거기 박혀 있다. 그게 나다. 그런데 어떤 축은 그게 진짜 나가 아니라고 들쑤신다. 그건 종교적 영업이거나 철학적 사기다. 우리는 주민등록표상의 나 이외에 아무것도 될 수 없고, 찾을 수도 없다. 편하게 살아야 한다. 그것은 마치 대한민국을 다른 나라라고 고집하는 질병과 다름 아니다. 독자는 생각한다. 한국시는 좀 더 솔직해졌으면 좋겠다. 이현승은 계속 말한다. '어제의 피로가 씻기기 전이지만 오늘 신발끈을 맬 수밖에 없는 등산가처럼, 폐가 찢길 것같이 숨가쁘고, 다리 근육과 발바닥이 녹아내릴 듯이 뜨겁고 무겁지만 한 걸음의 도약에 모든 힘을 집중하는 마라토너처럼.' 별책에서 다시 꺼내 읽은 대목이다. 뭐, 이렇게까지. 그가 바라보는 지점만 이해하고 싶다. 장고 끝에 악수난다는 바둑 격언이 있다. 너무 진지하고 골똘함은 독자에게 부담을 준다가 아니라 '줄 수도 있다'. 개연성이다. 이 대목에서 생각나는 것. 시인마다 자기 독자수를 밝히도록 강제하는 게 어떨까. 김소월 25명. 한용운 2명. 윤동주 120명. 문화예술위원회는 이 숫자로 창작지원금을 나누어주면 어떨까.

문학은 언제나 무엇이었다가 무엇이고 무엇일 것인데 그 한량없는 변화 안에서 나 역시 무엇이었다가 무엇이고 무엇이 되어 식물처럼 자라겠지. 자라다가 문득 시들고 사라지는 식물은 화무십일홍, 그 뜨거운 열흘에 충실할 수 있기를. 이장욱의 자술이다. 두 번 거듭 읽었다. 그리고 밑줄. 어디에 그었는지는 쓰지 않겠다. 다른 독자가 그을 자리를 남겨두기 위해서다. 이장욱 자술서의 제목은 '슬프고 희미하고 신비로우며 인생 그 자체와도 같은'이다. 시인 테오도르 방빌이 플로베르의 작품에 보낸 찬사라는 것이다. 멋있군. 인생은 의미 없다. 생에 의미를 과하게 부여하고 해석하는 문필인 당신들은 언제나 수상하다. 물론 반론이 있겠지만 지면 관계상 반론은 사양한다.

별책 부록 1번 타자는 황동규다. 시인은 말한다. 그는 대가처럼 말하지 않는다. '과거에 나에게 문학은 험한 산지였다. 지금은 막막한 들판, 미래는 노을 한 자락이 묻은 채 저무는 바다가 될 것이다. 그럴 듯 하지 않는가? 게다가 지금 나의 문학엔 현재, 미래가 따로 없다.' 1958년 첫 작품을 발표했다. 시력 61년이다. 생물학적 나이는 82세. 독자는 등단 몇 주년 같은 거 우습게 본다. 신문은 그런 것들을 부풀려 기사를 쓰곤 하는데 그건 요즘 말로 직업적 자의식이 거세된 기레기들의 오보다. 황시인은 가면 없이 자기 삶을 시로 형상화해 온 대표적인 시인이다. 김종삼, 김수영처럼 어떤 카테고리에도 넣기 힘든 시인들의 카테고리에 포함되는 시인이다. 황동규가 독자에게 고마운 것은 이것이다. 그가 서울대학교 교수라든가 논문 쓰는 영문학자로 기억되지 않고 오로지 시인으로 기억된다는 점이다. 흔한 일은 아니다. 황동규에게 문학은 그런 것이 아니었을라나.

훌륭한 독자, 중요한 독자, 활동적이고 창의적인 독자는 책을 다시 읽는 사람이란다. 누구 말인지 잊어버렸다. 국내 시집 가운데 다시 읽고 싶은 책이 있는가? 글쎄요, 세상이 그런 시간을 허락할까요. 시집은 다시 읽기 위한 책은 아니다. 필요한 시는 늘 눈앞의 시다. 시를 너무 고상하게 생각하거나 시에 뭐가 있다고 생각하는 사람들은 인생론자이거나 로맨티스트다. 인생에 뭐가 있다는 듯이 사는 사람들. 현실적으로 선악이 분명한 사람들이 그들이다. 그런 시인들의 시를 읽는 것보다는 아파트 소식지를 읽는 게 소득이 클 수도 있다.

─시를 믿으십니까, 선생님?

─안 믿어.

김언희는 "한때 '시의 뜻이 나에게 이루어지기를' 간구하던 대시인의 대답"이라고 썼다. 시인은 이어서 설명을 붙였다. 이 뜬금없는 질문과 대답은 네 벽이 탁 트인 우리처럼 나를 가두고, 지금 나는 이 우리 밖으로 한 발자국도 나가볼 엄두를 못 내고 있다고. 시인들은 시를 믿겠지만 독자는 시를 믿을 정도로 미련

하지 않다. 시인들이 던진 말들의 숲을 빠져나오면서 독자는 종합적으로 생각한다. 특집에서 읽은 시인들의 자기 설명은 어디까지나 당신들의 것이다. 그래도 좋다. 그래서 좋다. 당신들의 생각이 언제나 빛나기를 바란다. 시를 믿든 말든. 당신들의 업무에 충실하시라. 독자는 시를 안 믿으면서 시를 쓰는 시인들의 시가 읽고 싶어진다. 시를 너무 신뢰하면서 시를 너무 대단한 물건으로 생각하는 시인들의 뇌구조는 너무 좀 그렇지 않나요? 자기를 시인이라 생각하는 시인들이 많다. 옥탑방 꼭대기에서 밤마다 홀로 자명한 세계를 열 듯이 노트북을 열어놓고 자판연습을 하는 당신 그러나 사랑해요.

없는 구멍에 몸 집어넣기

r형, 비가 오는 아침입니다. 봄비지요. 창틀에 빗방울이 무슨 악보같이 매달려 있습니다. 빗소리 좋은 날은 빗소리듣기모임 이 발의되는 날입니다. 어제도 몇 줄 썼습니다. 이게 무슨 글인 지, 누굴 위해 쓰는지 모르고 쓰고 있습니다. 청계천 산수유 보 면서 말씀하던 r형의 말이 생각납니다, 가끔. 그저 텃밭 매듯이 쓰는 거지요. 잘못하면 노벨문학상을 탈 수도 있을 거고요. r형, 봄인 줄 모르고 봄 한가운데로 쑥 들어왔습니다. 전국이, 전세계 가 우한폐렴 즉 코로나19로 판데믹에 빠져들었습니다. 비루스 의 세계화가 진행 중입니다. 조금 있다가 동네 약국 앞에 가 줄을 서야 합니다. 민쯩을 내고 마스크 배급을 받으라는데 그것 도 선착순 형태입니다. 이게 무슨 노릇인가 싶습니다. 그렇지만 다 이런 게 아니겠습니까. 마스크를 써라, 면 마스크도 된다, 마스크 쓰지 않아도 된다. 정부(政府)는 정부(情婦)처럼 교활하

군요. 앉은 자리에서 난민이 되었습니다. 하여간 올해 봄은 스팀 아웃입니다. 모든 타이밍을 앗겨버렸어요.

그건 그렇고. 지금 나는 무슨 글을 작성하고 있는가. r형도 말렸지만 나를 아는 몇은 다 그랬습니다. 지금 내가 쓰고 있는 '소설'에 대해 부정적이고 비관적인 견해들을 표시했습니다. 누가 봐도 소설은 아니라는 뜻이지요. 그래도 r형만은 좀 관대할 줄 알았는데 조금 서운했습니다. 소설은 이런 것이고, 시는 이런 것이라는 관념에 대해 문학이 동조하는 것 역시 타성이 아닐까요. 이런다고 내가 대단한 장르적 실험을 하고 있다는 건 결코 아닙니다. 현실을 복사할 수도 있고, 현실에 덧칠할 수도 있고, 다른 현실을 구성할 수도 있고, 현실을 뭉갤 수도 있을 겁니다. 이런 일들이야 오래 전에 너무 많이 실천되어 온 것들이겠지요. 최근에 나는 픽션보다 논픽션을 주목하는 편입니다. 논픽션은 픽션이 아닌 게 아니라 픽션보다 더 픽션이라는 생각 때문입니다. 지금 내가 r형을 수신인으로 전제하고 쓰는 이 글이야말로 픽션보다 더 픽션이 아니겠습니까. r형은 겉으로 고개를 끄덕일 겁니다. 그러나 그건 거죽이고 속은 아니라고 단정지을 겁니다. 그건 r형의 관점이 아니라 문학에 관한 보편적인 생각입니다. 나는 지금 그 보편적 문법을 깨는데 앞장을 서보고 싶다는 게 아닙니다. 나는 그렇게 용기 있거나 장대한 포부를 가진 위인이 아닙니다. 그건 r형이 더 잘 아실 겁니다.

그럼 뭐냐? 간단히 요약하면 사는 것이 그냥 소설이고, 그냥 연극이고, 그냥 시라는 생각을 하기 때문입니다. 그것 이상의 관점 따위의 이론이나 논리는 없습니다. 이 얘기는 여기까지만 하겠습니다. r형도 좀 지겹겠습니다. 이 글 앞에 완성한 이종격투기 같은 산문 원고를 출판사 몇 곳에 보냈는데 들은 체도 안 하더군요. 불만은 없습니다. 출판의 개념틀에 들어오지 않는다는 뜻이겠지요. 저작권을 포기하고 한 출판사에 원고를 넘겼습니다. 이 원고도 그렇게 넘어갈 공산이 큽니다. 출판된다고 해도 읽히지 않을 것이고, 읽힌다고 해도 이해받지 못할 것이 뻔하거든요. 나의 글쓰기는 매 단계마다 '이루어질 수 없는 사랑'을 닮았습니다. 나의 이런 생각의 일단을 문학이나 문학판에 대한 냉소나 비관이라 r형도 언급한 적이 있습니다. 기억하실지 모르겠지만 말이지요. 이 기회에 그렇지만은 않다고 말씀드립니다. 문학의, 문단의, 출판의 어떤 측면을 두고 하는 말일 뿐입니다. 가령, 문학은 죽었다고 떠드는 나의 말도 그런 것일 뿐입니다. 딴은, 내가 생각하는 또는 내 세대의 문학이 종결되었음에 대한 개인적 선언입니다. 그 점을 너무 확대해서 이해하지 말아주시길 부탁드립니다.

내가 생각하는 문학은, 시는 없는 구멍에 몸 집어넣기라고 생각합니다. 언어가 쓸어담는 부분이 아니라 쓸어담고 남아도는, 언어에 담기지 못하는 부분 때문에 시를, 자꾸 시를 쓰게 된다는 점입니다. 그만큼 써댔으면 됐지 멀 또 쓰고 있느냐는 타박은 글쓰기의 저 가련한 숙명을 만나보지 못하신 분들의 맹

목입니다. 그렇지 않으면 종이 위에 번진 잉크자국 같은 것에 복무할 일이 없을 겁니다. 시인이면서 소설을 썼던 두 사람. 파스테르나크와 나보코프가 그런 유형입니다. 두 소설가는 소설을 쓴 것이 아니라 시를 쓴 것입니다. 나보코프는 언어와 사태의 불일치를 끝까지 밀고 간 소설가였습니다. 우리 쪽에도 그런 시인이 있을까 생각해 봅니다. 견적이 금방 나오는군요. 우리는 시인은 시인, 소설가는 소설가입니다. 니 꺼 니가 먹고, 내 꺼 내가 먹는다는 식이지요. 시로 입문해서 소설을 쓴 경우는 그야말로 보직 변경의 차원일 뿐입니다. 다시 시를 쓴다고 해도 시 쓰던 감각지점을 선회하는 경우가 대부분입니다. 문학사에서는 이상이 한 예가 될 것이고, 1980년대 후반에 나타난 장정일 정도가 주목에 값합니다. 과문하기에 이 정도로 마감합니다. 나는 시도 쓰고 소설도 쓰는 것이 꿈이 아닙니다. 설마, r형도 내가 그런 황망스러움에 시달린다고 보시는 건 아니겠지요. 들어주세요. 웃자고 하는 얘기니까요. 자, 웃어주세요.

나도 딴은 소설갑니까? 1979년 강원일보 신춘문예 단편소설 부문에 당선되었던 기록이 있으니까요. 심사는 전상국, 김영기 두 분이었고요. 단편 제목은 「바다그림자」. 검색은 되지 않더군요. 다행이지요. 이틀 밤에 걸쳐 초고를 쓰고, 손목이 아파 약국에 가서 압박 붕대를 사서 오른 손에 칭칭 감고 원고지를 메웠던 생각이 떠오릅니다. 신문사에 보낸 건 아마 11월 말쯤이었을 겁니다. 그리고 몇 주 뒤에 당선 전화를 받고 어쩌구 저쩌구.

지방예선을 통과한 나는 그 다음 핸가에 중앙지에 소설을 투고했는데 예선에서 탈락했습니다. 그해 내가 투고한 신문에서 당선한 소설가가 1980년대 대표작가로 활동했습니다. 가끔 내가 할 역할을 저 작가가 대신 잘하고 있구나. 수고가 많다. 이렇게 생각하고 웃습니다. r형, 오늘 따라 봄비가 꽤 풍성하게 내립니다. 나는 오늘치 다큐멘터리 카메라를 작동하고 있습니다. 누가 썼는지 모르는 대본 속에서 커피를 마시고, 자판을 두드리고, 조금 있다가 약국에 다시 나가봐야 합니다. 줄을 서거나 번호표를 받아두어야 합니다. 배급이 내면화된 이 몸. r형의 몸에 언제나 따뜻한 피가 돌기를 바라겠소. 새벽부터 비오는 날, h.

날자, 한 번만 더 날자꾸나

내 이름은 이상이다. 본명은 김해경. 그렇게 생각하고 매일 집을 나선다. 강릉 김씨. 김시습도 강릉 김씨. 강릉엔 김씨가 많군. 소설가이면서 이번에 시인으로 등단한 김거미도 강릉에 산다. h는 오늘도 태연하게 집을 나간다. 출가다. 1층까지 내려 갔다가 다시 올라온다. 코로나 마스크를 쓰지 않았다. 전철에서 마스크 착용을 하지 않는 것은 죄악시 된다. 기침이나 재채기라도 하게 되면 주위의 눈총 일제사격을 받는다. 세상 무섭다. 이상은 생각하면서 웃는다. 남들이 보면 이상해보일 것이 틀림없다. 저 친구, 맛이 좀 갔군. 그나저나 지금은 준전시 상황이다. 매일 뉴스는 우한 폐렴 확진자 수와 사망자 수가 떠오른다. 확진자가 사망하면 장례식 없이 입관하여 화장한다. 부부가 확진받고 서로 격리되어 입원했다가 남편이 죽은 뉴스를 봤다. 그게 끝이다. 남편의 임종도 뭣도 없다.

이상은 마스크를 끼고 손으로 콧잔등을 한번 눌렀다. 공기방울이 틈입하지 말라는 단속이다. 오늘은 옛날에 잠시 살았던 서촌까지 가 보기로 한다. 상은 거기 살았던 일들이 다 꿈같다. 어차피 꿈이다. 꿈이 아닐 수 없다. 마스크를 끼고 끄덕끄덕 걸어간다. 아는 사람도 없고 알 사람도 없다. 상허도 구보도 유정도 금홍이도 간 데 없다. 생각하면 쓸쓸하지만 쓸쓸함도 아껴 살아야겠다고 다짐한다. 요즘시인 몇이 지나갔지만 이상을 보고 인사하지 않는다. 이상이 먼저 아는 체 할려고 했지만 그건 꿈 속에서처럼 생각뿐이었다. 서운했지만 서운할 것이 없다. 이상은 자신을 토닥거렸다. 「오감도」를 쓰던 시대가 아니다. 자신은 이미 역사의 박제가 된 지 오래다.

이상은 통인동에 다다른다. 처마 밑에 붙어 있는 '이상의 집'이라는 글자가 보인다. 잠깐 서 있다. 척추를 펴고 생각한다. 유리문을 통해 안을 살핀다. 살피는 게 아니고 그냥 본다. 보여지는 대로 본다. 이상 자신과 관계없이, 자신이 살았던 시대와 상관없이 재구성되고 재편성된 내부를 흘깃 볼 뿐이다. 생소하다. 자신이 살았다는 증거는 없다. 자신이 서 있는 곳은 풍문 속이다. 검색해보니 자신의 흉상도 있다. 흉상은 자신의 실제보다 모범적인 이미지다. 저렇게 기억되는구나. '이상의 집'에 들어가서 둘러볼까 하던 생각은 접는다. 내가 남이 되었구나. 들어가서 내가 나라고 얘기해볼까. 진짜 채플린도 채플린 흉내내기 대회에서 입상권 밖이었다고 들었다. 커피가 생각났지만 그것도 포기한다. 한때, 내 살림이었지만 이젠 자신과 상관없는 픽션이라 생각한다.

그때 이상의 휴대폰이 울렸다. 그래. 알았다. 이상이 전화를 끊는다. 그의 여자친구가 종로 근처와 와 있다는 전화다. 그는 종로 쪽으로 걸음을 잡고 걷는다. 조금 쌀쌀하지만 겨울은 아니고 그렇다고 봄이라고 규정하기도 어울리지 않는 날씨다. 겨울 반 봄 반의 간절기라고 하면 되겠다. 이상은 제비 다방으로 들어선다. 거기에 여자친구 금홍이 와 있기로 했다. 금홍이는 목이 길고 명랑하고 나이 어린 여자다. 이상에 비하면 그렇다는 말이지 딴은 금홍도 40대 후반에 접어들었다. 금홍은 한때 시를 썼지만 지금은 아니다. 문학을 믿고 문학이 자부심이었을 때가 좋았다고 말하는 여자다. 지금은 아니다. 개종한 부류라고 자신을 소개한다. 장미와 통닭 가운데 하나를 고르라면 한손엔 장미 그리고 또 한손엔 통닭을 집겠다는 여자다. 그런 캐릭터가 이상 옆에 존재한다는 것도 재미있는 일이다. 세상에는 이런 일이 종종 있지만 설명으로 밝혀지는 문제는 아니다. 그저 그럴 뿐이다. 제비는 이상과 금홍이 접선하는 장소다. 조용한 편이고 오래 죽쳐도 눈치 보이지 않고 무엇보다 예술가연 하는 축들이 보이지 않아서 이상이 선호하는 공간이다. 하나 더 있다. 추가 비용 없이 커피 리필이 가능하다. 금홍은 하는 일 없이 없다. 그녀의 자부심이다. 이상의 밥값이나 술값은 금홍이 도맡는다. 이상도 공사대금이 나오면 술값을 내기도 한다. 이상은 원고료를 공사

대금이라 부른다.

　제비에 들어서자 구석자리에 앉아있던 금홍이 먼저 알아보고 손을 번쩍 든다. 오른손이었던가 왼손이었던가. 손목에 걸려있는 은색 팔찌가 시처럼 반짝거린다. 이상이 금홍 옆 의자에 착석할 때까지 금홍의 손은 들려 있다. 그게 금홍의 시대착오적 의리다. "빨리 왔네.""어.""사람들 좀 있어?""어디?""당신 옛집, 박물관.""내 있을 때는 몇 사람.""커피 시킬까?""그래.""머?" "아메리카노.""그래, 나도 같은 거. 여기요?""아까 서점에서 시간 좀 보냈다.""교보?""영풍, 생각보다 없는 책이 많더라." "가지 마.""다소 한갓지고 고즈넉해서 가게 되는데.""거긴 그렇지. 입구에 전봉준 동상 재밌잖아. 실패한 혁명에 대한 미련으로 좌불안석인 포즈로 앉아 있잖아. 안 그래?""근데, 너는 경어 좀 쓰면 안 되는 거냐. 어른한테.""난 아버지한테도 반말 한다. 당신은 내 아버지도 아니고. 내가 많이 공손한 거 알잖아. 꼴같 잖은 한남행세는 하지 마셔. 커피 왔다. 감사합니다. 향 좋다. 마시자.""너무 뜨겁다.""뜨거울 때 마셔야지,""김 나가도 맛있다.""증상 없어?""무슨 말이야?""코로나.""우한 폐렴이지. 코로나는 무슨.""아무튼 우한은 우환이다.""나는 여기 오기 전에 합정에 있었다. 중고서점에서 책 쇼핑 좀 했지.""머, 이것저것 구경했어. 누군가 보던 책도 있지만 대체로는 팔리지 않은 책들이 곧바로 중고서점으로 이동한 게 아닌가 싶어. 지문 하나 없는 책들이 꽂혀 있다. 거기서 이것도 샀다. 최인훈의 『소설가 구보씨의 일일』. 득템이지.” “책 욕심은 버리지 못했구나.” “최인훈이 잖아.” “마니아야?” “마니아도 팬도 아니다. 최인훈은 조선사람 이면 필독이지. 아니야?” “필독서는 읽지 않아도 된다. 왜냐. 주 변에 읽은 사람이 많아서 대충 읽은 척 하면 된다. 아니야?” “말같지 않은 말.” “고전은 언제나 ‘다시 읽는’ 책이지.” “주기적 으로 읽는다는 말씀?” “아니지. 가령, 허먼 멜빌의 『필경사 바틀 비』를 읽어봤느냐고 질문받으면 안 읽었다고 하면 쪽 팔리니까 읽은 척 해야잖아. 그럴 때, ‘지금 다시 읽고’ 있다고 대답하면 되는 거지.” “왜 다시 읽느냐고 되묻지는 않을 테니까?” “고전은 읽지 않는다는 말이겠지.” “하긴 그렇다. 쏟아지는 책도 읽기 바쁜데 옛날 책을 언제 읽겠어. 읽는 척만도 어디야.” “그렇소이 까.” “시 좀 쓰고 있어요?” “갑자기 경어씩?” “시 얘기 하려면 약간 경건해져서.” “하던 대로 해라. 어색하다. 시는 일탈이 어울 리지만 일상은 일상문법이 좋다. 그쟈?” “시는 쓰냐고 물었네.” “쓰다가 말다. 그게 정확한 워딩이네.” “쓰다가 말다가는 아마 츄어들의 자기 변명이다. 프로는 루틴하게 써야지.” “루틴? 시인 도 프로가 있니?” “등단하면 프로지 딴 게 있남.” “시인과 프로페 셔널은 맞지 않는 의상이다. 프로가 되는 순간 시인은 레임덕에 시달린다. 늘 프로가 되고 싶지 않은 아마츄어가 진짜 시인이다. 나같은 시인.” “박수.” “그럴 땐 시인 같네.” “시인은 무슨 누명이 지.” “그런데 당신들 세대 시인들 다 죽었잖아. 누가 있어.” “본전 까먹을까봐 침묵하든가, 손가락 힘 빠졌거나, 완장 찬 꼰대가

되었거나, 손자 보거나, 죽었거나. 머, 대체로 이런 식으로 정리
되겠지." "오다가다 쓰는 사람도 있더라구." "그야 머, 환갑 기념,
칠순 기념시집들이지. 일종의 기념사진 같은 자기 인증이지."
"그동안 벌어놓은 걸로 먹고 사는 거네." "연명이기도 하고."
"재즈 뮤지션들은 거의 죽을 때까지 연주하두만." "시인은 재즈
뮤지션이 아니잖아. 자기 시대를 벗어나서도 끝까지 쓴다는 것
은 두 가지 의미가 있다." "먼데?" "맞혀보시오. 금홍씨" "완주했
다. 이거?" "완주보다 완주하면서 자기 시를 갱신해나갔다는 거.
그게 요점이겠지." "그런 시인 있었나? 누구야?" "많지. 김소월,
이육사, 윤동주, 기형도 등." "완주는 맞네. 完走." "갱신은 나도
모르겠다. 문학사적 선례도 모르겠고." "끝까지 쓴다는 것의 두
번째 의미는 머여? 무슨 세미나 하는 거 같네." "그건 아주 중요
하다. 정말 중요한 건 이 거지. 마지막에 시인으로서 어떤 국면
에 도달하는가 하는 문제다. 나는 이 장면이 못내 궁금하다. 최
소한 40년 이상 지속적으로 시를 쓴 사람만이 도달할 수 있는
지점이겠지. 그러니까 득도한 듯한 개소리 말고. 후회 없다. 쓸
만큼 썼다. 잘 살았다. 시는 사랑이다. 이런 잡소리 하지 않는
다른 모습이 궁금하다. 기자 간담회나 인터뷰 같은 자리 없이
조용히 자신의 레종 데트르에 종사하는 모습이 보고 싶다." "그
렇게 하셔." "지난한 일이다. 지난." "그렇게 말할 때는 항상 어떤
모델이 있어야 하잖아. 근대문학 100년에 그런 인물 몇은 있겠
지." "글쎄, 한국시문학사를 여러 번 뒤져봐도 잘 모르겠음. 그게

내 답이다."“실망스럽다.”“대가도 한 명 못 가진 문학사에서 너무 가혹한 기대를 하지 말자.”“대가는 그렇다 치고, 그럼 소가, 중가는 많겠네.”“흔하다.”“본인은 어느 계급이시오?”“나요? 나는 소가, 중가, 대가에 속할 수 없는 품계 밖이지오.”“솔직함은 접수합니다. 시인은 솔직해야지요. 아니 그렇소. 교만하고 게으르고 허영심 충만한 자의 시를 누가 읽겠소. 무엇보다 자신을 자신으로 알고 있는 자를 나는 신뢰하지 않고 경멸하는 바이오.”“좀 심하다, 금홍씨 그건.”“일반론이니 괜념치 마시오. 내 말에 긁히는 자 있으면 수상한 그 자가 바로 그 자요.”“바로 나군.”“딴은.”“어떤 스님이 풋중 시절에 큰스님이 자기에게 물었다나. 상근기, 중근기, 하근기가 있는데 자네는 어디에 속하는가. 생각해보니 자기는 상근기는 아니고 하근기도 아닌 것 같아서 중근기라고 답하고 큰스님은 어떠시냐고 물었더니 큰스님 왈.”“왈? 나는 상근기다. 이랬겠지.”“나는 하근기다. 그랬다는군.”“맞네. 자신이 하근기인 줄 아는 힘이 있으니 상근기네. 나는 끈기는 좀 있는 물건.”“저녁에 성북동에 갈려는데 같이 갈 텨?”“성북동엔 왜?”“수연산방에 가서 놀다 오려고. 상허가 있으면 좋고, 없으면 차나 한 잔 하는 거지.”“수연산방은 좋은데 본인은 소설가는 그닥 내키지 않네요. 혼자 다녀오세요. 소설은 워낙 근육으로 하는 작업이잖아요. 헤선생 같으면 모르겠지만.”“헤선생이 누구야? 혹시 혜은이는 아니겠고?”“헤밍웨이.”“너무 멀리 간다.”“그 사람 매력 있어요.”“마초?”“무슨 우수마발 같은 소리세요. 그야, 굵직한 소설을 썼지만 아주 모순적인 인간이었다네요. 말로는 진실한 척 하면서 실제로는 수없는 거짓말을 했다네요. 모순적인 인간이지요. 나는 그런 인간이 참을 수 없이 좋잖아요. 연민과 연구의 대상이거든요." "나는?" "이런 대목에서 자기를 삽입하고 싶으실까." "아이쿠." "말할까? 솔직히 말하자면 선생은 존재 자체가 거짓 같아. 거짓은 좀 심했다. 정확한 것도 아니고요. 머랄까, 그래 그거다. 허구. 허구적 존재가 좋겠다. 어때요?" "음." "무슨 소리야?" "신음소리." "맞잖아. 우린 다 조금씩 유령들이잖아요, 난 시가 그래서 좋다니까. 진실한 척, 맑은 척, 절박한 척 하는 그 언어적 몸짓들 말이야. 그리고, 내가 선생 시집 다 읽는 거 알지요?" "모르지." "다시 말할게요. 나는 당신 시집 다 읽어요. 시집 나올 때마다 내가 받았으니 쓰는 수고는 없었지만 읽는 수고는 아끼지 말아야 한다는 게 독자된 도리라고 생각해요, 읽는다고 다 독자가 되는 건 아니라는 거 잘 알잖아요. 이 말은 내 말이 아니라 당신 말이기도 하고. 이 참에 그동안 읽은 시집 서평을 해도 될까요?" "해보셔." "좋은 점부터 비평할까 나쁜 점부터 할까?" "좋은 점부터." "좋은 점은 별로 없다는 점이 좋은 점. 덤덤하고 무덤덤한 시. 당신 시는 발라드에 록이나 펑키가 가미되었다는 느낌. 손맛도 있고 언어 감각도 좋은 편이다. 시에서 무슨 말을 하려하지 않는다는 점도 좋다. 언제부턴가 말에서 의미를 덜어내려는 방법도 눈에 들어오기 시작한다. 말이 부질없다는 걸 알고 철드는 거지. 언어의 짐을 덜어주는 작업으로 본다. 언어는 존재의 집이 아니라 존재의 짐이라는 이강의 말씀이 떠오른다. 이런 점들은 맞건 안 맞건 다른 사람들도 할 수 있는 얘기다. 오랫동안 당신을 지켜본 내가 할 수 있는 말 다시 말해 다른 사람이 간파하기 힘든 말을 하겠다. 당신은 의미를 경멸하고 있어. 맞지? 그게 당신의 문학적 신념이라면 나는 지지하지요. 일개 걸어다니는 독자일 뿐인 나로서는 아무렇게나 떠들 수 있는 자유가 있잖아요. 시에서 의미를 격멸하려는 태도와 말의 곡예를 극히 미워하는 당신의 태도는 나도 강력히 지지하지요. 어쩌면 그 태도야말로 시인으로서 당신이 오랫동안 세공해온 차가운 교만이라고 본다. 너무 심각한가? 다행스러운 것은 그런 오만을 들키지 않고 있다는 것 정도. 마저 해요?" "이번에는 나쁜 점을 조지겠군. 함부로 그래줘. 술 사야겠네." "두리뭉실하게 말하자면 당신 시의 맹점은 당신 시가 가진 장점의 외설적 측면들이지요. 다시 말해 새롭다고 보였던 문체가 고정되고 있다는 것. 자기 시의 관습으로 타성화된 게 아닌가 하는 의구심. 본질적인 문제들과 맞붙지 않고 비켜간다는 것. 냉소성. 사랑없음 등등. 왜 이런지는 모르겠음. 본인은 아시려나. 나보고 분석해보라고 한다면? 분석이고 자시고는 아니고 그저 거친 직관으로 보자면 그건 아마 시인 자신의 구강기적 도착성이 아닐까 해요. 어렸을 때 엄마 젖 많이 먹고 사랑 많이 받았다고 생각해요?" "머, 예스라고 대답해야겠지. 맏아들에 외아들이었고 밑으로 세 명의 여동생들이 있었는데 내 시대는 남아선호의 특별대우도 많았으니까.""별다른 문제는 없겠네요.""그런데""말해보기요.""내가 잘 하지 않는 얘긴데, 나는 어머니 젖을 먹지 못하고 자랐다는 전설이 있지.""역시. 왜요? 불쌍해라.""쌀가루로 쑨 죽을 먹었다. 암죽.""왜?""엄마가 구녕젖이었어. 함몰 유두. 동네 아줌마들 젖을 얻어먹었다, 심청이처럼.""당신 시에는 그런 결핍들이 숨어 있다. 구강성의 고착이 문장 밑에 숨어 있는 게 아닐까? 성글지만.""생각해볼게. 애쓰셨소. 금홍씨. 나갈까, 우리. 언제 절에 가지 않을래? 한참 되었다.""그래요, 철남스님을 뵐 때가 되었네. 저번에 커피 보내라고 톡이 왔어. 신도가 없으니 커피도 궁한가봐. 내가 철남스님 커피 담당이냐. 갈 때 연락 줘.""철남한테 좀, 잘 해라. 내 천도제 지내줄 스님이다.""당신 천도가 되겠어?""될 때까지 해야지.""참, 아까 하융 선생도 연락 왔다.""그래, 뭐 한다니?""아팠대요. 자가 격리 중이라나. 그 분은 구보가 조선중앙일보에 「소설가 구보씨의 일일」을 연재 당시 삽화 그릴 때가 좋았어.""너가 하융의 여자라고 소문 났잖아.""증거불충분. 난 그 사람 연관 검색어가 아니야.""잤니?""못 잤다.""자지.""자긴.""홍아, 내가 요즘 머하는지 물어봐줄 수 있니?""보시한다 생각하고 우아하게 물어줄게. 잠깐. 나한테 먼저 물어줘.""그래, 말해봐라.""나, 어제 「철서구」 봤음.""왕빙!""러닝타임 551분. 일종의 완독이지.""아홉시간 십팔 분. 놀랍군. 우리들 평생이 러닝타임이지.""이 정도 영화는 만들어야죠. 한국영화? 흥! 영화를 보는 내내 보르헤스의 말이 떠올랐음. 이해와 인용의 오류라고 해도 할 수 없으니 감안하시고.”“뭔데?”(낭송하듯이 목청을 정리하고) 변두리 지역을 마치 사랑하는 여인인 양 갈망하고 겪어보지 않았다면, 가게 모서리의 토담과 들판, 달빛을 보고(寶庫)처럼 보지 않았다면 어느 누구도 감히 ‘변두리 지역’에 대해 쓰겠다는 생각을 하지 않기를 바란다.”“그러니까, 그 변두리 지역이 랴오닝성 선양이군. 왕빙이 선택한. 이 대목에서, 왜 내가 뭘 잘못산 듯 하니. 나는 요새 장편 쓰고 있다.”“장편같은 소리하시는 거죠?.”“언어 속으로 스미지 못하고 남아도는 꿈같은 거 말이야. 그런 걸 주워모아보는 거지.”“그거 시잖아.”“시였다가 소설이었다가. 우리도 소설이야. 소설 속 인물들이지. 소설을 사는 거지. 사람들이 소설이라고 믿는 거 말고.”“구성이니 스토리텔링이니 이런 거 좀 말고.”“소설을 통해 하고 싶은 말 말고.”“시대를 그려냈니 어쩌니 말고.”“내가 숨 쉰 오늘도 소설이네.”“정답.”“문학도 미신인가봐. 철학도 아니면서 언어학도 아니면서 스스로의 글쓰기가 미심쩍어서 문‘학’이라고 올려버리잖어.”“속는 거지.”“당신같은 사람.”“당신같은 사람은 속지 않지. 속지 않으니까 헤매는 거야.”“속고 싶어.”“속는 척만.”“쓰는 척.”“읽는 척.”“척척.”“나갈까?”“어디로.”“일단.’

나를 위한 것이나 나의 것은 아닌

우리는 한 번도 정확한 약속 장소를 정하고 만난 적이 없다. 맛집에는 무지하고 힙플레이스에도 무지하다. 내가 그런 정보를 아는 편이지만 나의 정보 역시 조규엽이나 박솔뫼와 같은 지인들로부터 온 것이다. 게다가 금정연은 힙플레이스라면 질색한다. 그는 유명한 장소, 화려한 장소, 세련되고 기름진 장소라면 치를 떤다.

—제가 언제요, 지돈씨?

금정연의 말. 그러나 나는 표정을 보면 알 수 있다. NL 출신 금정연이 당장이라도 자본주의의 본진 같은 이곳에 불을 지를 기세라는 사실을…… 반면 오한기는 아무런 생각이 없다. 그는 어떤 곳에 가도 그곳에 있지 않은 사람처럼 행동한다. 그가 어울리는 것은 오직 그 자신뿐이다…….

물론 금정연도 많이 변했다. 처음 만났을 때만 해도 있었던 세속에 초탈한 듯, 80년대 후반, 90년대 중반 맨체스터의 공장 거리를 헤매는 노동자 계급의 백인 청소년 같았던 느낌(마이크 리의 〈Meantime〉에 나올 뻔한)이 지금은 많이 사라졌다. 금정연은 가끔 면도를 안 했는데, 소설가 이상우는 그 모습을 보고 말했다. 강기갑 같네요. 그 후 금정연이 면도를 하지 않은 모습은 다시 볼 수 없었다…… (정지돈 에세이, 당신을 위한 것이나 당신의 것은 아닌, 주간 문학동네 2회분에서)

전에 정지돈의 『내가 싸우듯이』를 읽었다. 왠지 읽어야 될 것 같은 생각이 들어서 읽었던 소설집이다. 이번 에세이에 등장하는 오한기, 이상우, 박솔뫼가 닮았는가 안 닮았는가를 생각해본다. h는 소설가는 아니지만, 더 정지돈 같은 소설을, 더 오한기 같은 소설을 읽고 싶은 은밀한 욕망이 있다. 있는 정도를 조금 더 상회한다. 왠지는 모른다. 나는 모른다고 말하는 순간의 그 무지몽매한 내가 좋다.

광기가 우리를 갈라놓을 때까지

● ●

    서울아트시네마를 나와서 동대문까지 어슬렁거리며 걷는다. 어슬렁거림이라고 쓴 것은 「철서구」에서 쉽게 빠져나오지 못하는 현실감각 때문이다. 일말의 적막감, 외로움, 쓸쓸함, 진한 실존감 같은 것들. 맞다. 그런 것들. 살기 위해 모여들고, 공장이 문닫고, 하루아침에 집이 헐리고, 일거리가 없어지는 인생살이는 구질구질하다. 그것은 한때 중국 선양 철서구의 어떤 현실만이 아니다. 얇게 코팅만 됐을 뿐 대한민국도 본질적으로 거기서 거기다. 「철서구」의 테마는 솔까말 전지구적 문제에 다름 아니라고 본다. 때마침 우한 폐렴의 기습으로 모든 일상이 올 스톱된 대한민국의 정지화면에 「철서구」의 화면이 어른거린다. 석탄을 훔치기도 하면서 두 아들과 철로 근처에서 살아가는 노인은 사람이 평생을 사는 게 쉬운 일이 아니라고 말한다. h는 저, 노인과 근본적으로 다를 게 없다. '언젠가' 말하지 못했던 얘기를 다

털어놓겠다는 노인의 말을 잊을 수 없다. 언제? 노인은 마치 대단한 흑역사를 감추고 있다는 듯이 과장한다. 말하나마나 지금 당신은 차마 말할 수 없는 현실을 몸소 살고 있지 않으신가. 그러면서 그 '언제'를 당겨서 슬금슬금 자기 얘기를 꺼내놓기도 한다. 그 장면들 너무 인간적이고 문학적이다. 감추면서 드러내고 드러내면서 무엇인가는 또 감추어진다. 왕빙은 대단한 문제를 까발린 듯 하지만 그는 삶의 실상을 까발리고 있을 뿐이다. 우리 모두 그렇고 그렇게 살아가듯이 말이다. 좌석에서 일어서며 h는 마스크를 고쳐 쓴다. 시네마 3층 e열 5번에 앉아서 보낸 9시간 18분. h는 오늘 그렇게 자신의 다큐멘터리 한 장면을 살았다. h는 종로를 걸어갈 것이다. 많이 걸을 것이다. 밤새도록 걸어갈지도 모른다.

신종 코로나19 확진 환자 8,086명, 사망자 72명, 격리 해제 714명

공적 마스크 5부제, 출생연도 끝자리 5, 0(금요일)

[노원구청]에서 보낸 우한코로나19 도봉구 2번 확진자 이동경로 공지 문자 1통.

서울 영상 8°, 미세먼지 보통.

경자년(庚子年) 3월 13일 금요일.

거북이목을 한 사람들이 바다로 나가는 아침

© 박세현, 2020

1판 1쇄 인쇄_2020년 06월 10일
1판 1쇄 발행_2020년 06월 20일

지은이_박세현
펴낸이_양정섭

펴낸곳_예서
　　등록_제2019-000020호

제작·공급_경진출판
　　이메일_mykyungjin@daum.net
　　블로그_https://mykyungjin.tistory.com/
　　사업장주소_서울특별시 금천구 시흥대로 57길(시흥동) 영광빌딩 203호
　　전화_010-3171-7282　팩스_02-806-7282

값 14,000원
ISBN 979-11-968508-2-1 03810